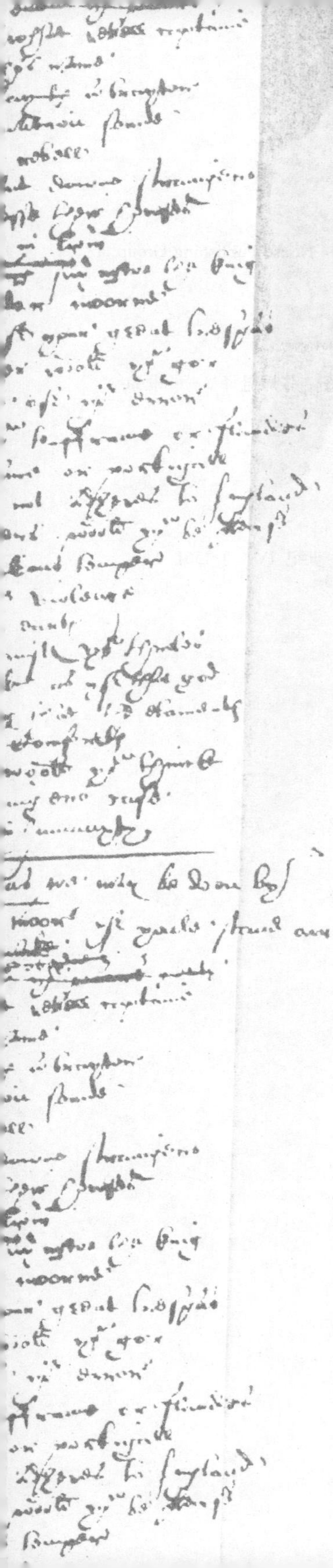

莎士比亚全集·中文本
William Shakespeare: Complete Works

辜正坤 主编／张顺赴 译

亨利四世（下）

The Second Part of Henry the Fourth

外语教学与研究出版社
FOREIGN LANGUAGE TEACHING AND RESEARCH PRESS
北京 BEIJING

京权图字：01-2016-5022

图书在版编目（CIP）数据

亨利四世．下 ／（英）威廉·莎士比亚（William Shakespeare）著；张顺赴译．-- 北京：外语教学与研究出版社，2016.7
（莎士比亚全集 ／ 辜正坤主编．中文本）
书名原文：The Second Part of Henry the Fourth
ISBN 978-7-5135-7877-6

Ⅰ．①亨… Ⅱ．①威… ②张… Ⅲ．①历史剧－剧本－英国－中世纪 Ⅳ．①I561.33

中国版本图书馆 CIP 数据核字（2016）第 184361 号

出 版 人　蔡剑峰
项目负责　姚　虹　李　云
责任编辑　钱垂君
封面设计　奇文云海 设计顾问
出版发行　外语教学与研究出版社
社　　址　北京市西三环北路 19 号（100089）
网　　址　http://www.fltrp.com
印　　刷　紫恒印装有限公司
开　　本　710×1000　1/16
印　　张　11
版　　次　2016 年 8 月第 1 版　2016 年 8 月第 1 次印刷
书　　号　ISBN 978-7-5135-7877-6
定　　价　28.00 元

购书咨询：（010）88819926　电子邮箱：club@fltrp.com
外研书店：https://waiyants.tmall.com
凡印刷、装订质量问题，请联系我社印制部
联系电话：（010）61207896　电子邮箱：zhijian@fltrp.com
凡侵权、盗版书籍线索，请联系我社法律事务部
举报电话：（010）88817519　电子邮箱：banquan@fltrp.com
法律顾问：立方律师事务所　刘旭东律师
　　　　　中咨律师事务所　殷　斌律师
物料号：278770001

出版说明

1623 年，莎士比亚的演员同僚们倾注心血结集出版了历史上第一部《莎士比亚全集》——著名的第一对开本，这是三百多年来许多导演和演员最为钟爱的莎士比亚文本。2007 年，由英国皇家莎士比亚剧团（Royal Shakespeare Company）推出的《莎士比亚全集》，则是对第一对开本首次全面的修订。

本套《莎士比亚全集》新汉译本，正是依据当今莎学界最负声望的皇家版《莎士比亚全集》翻译而成。译本的凡例说明如下：

一、**文体**：剧文有诗体和散体之分。未及最右行末即转行的为诗体。文字连排、直至最右行末转行的，则为散体。

二、**舞台提示**：

1）角色的上场与下场及其他舞台提示以仿宋体排出，穿插于剧文中的舞台提示以圆括号进行标注，如：（对亨利王子）。

2）舞台提示中的特殊符号。译本所依据的皇家版《莎士比亚全集》的编辑者对舞台提示中的不确定情形以特殊符号予以标注，译本亦保留了这些符号：如（旁白？）表示某行剧文既可作为旁白，亦可当作对话；又如某个舞台活动置于箭头↓↓之间，表示它可发生在一场戏中的多个不同时刻。

三、**脚注**：脚注中除标注有“译者附注”字样的，均译自或改编自皇家版《莎士比亚全集》注释。脚注多为对剧文中背景知识及专名的解释，以使读者更好地理解剧情；亦包含部分与英文原文相关的脚注，以使读者在品味译者的佳文时，亦体验到英文原文的精妙。

四、文本：译本以第一对开本为蓝本，部分剧目中四开本与之明显相异的段落亦有译出，附于正文之后，供读者参考。

此《莎士比亚全集》新汉译本历经策划、翻译、编辑加工和印装等工序，各个环节的参与者均竭尽全力，力求完美，但由于水平、精力所限，难免有所错漏，敬请广大读者赐教指正。

外语教学与研究出版社

综合出版事业部

莎士比亚诗体重译集序

辜正坤

他非一代骚人，实属万古千秋。

这是英国大作家本·琼森（Ben Jonson）在第一部《莎士比亚全集》（*Mr. William Shakespeares Comedies, Histories, & Tragedies*, 1623）扉页上题诗中的诗行。三百多年来，莎士比亚在全球逐步成为一个家喻户晓的名字，似乎与这句预言在在呼应。但这并非偶然言中，有许多因素可以解释莎士比亚这一巨大的文化现象产生的必然性。最关键的，至少有下面几点。

首先，其作品内容具有惊人的多样性。世界上很难有第二个作家像莎士比亚这样能够驾驭如此广阔的题材。他的作品内容几乎无所不包，称得上英国社会的百科全书。帝王将相、走卒凡夫、才子佳人、恶棍屠夫……一切社会阶层都展现于他的笔底。从海上到陆地，从宫廷到民间，从国际到国内，从灵界到凡尘……笔锋所指，无处不至。悲剧、喜剧、历史剧、传奇剧，叙事诗、抒情诗……都成为他显示天才的文学样式。从哲理的韵味到浪漫的爱情，从盘根错节的叙述到一唱三叹的诗思，波涛汹涌的情怀，妙夺天工的笔触，凡开卷展读者，无不为之拊掌称绝。即使只从莎士比亚使用过的海量英语词汇来看，也令人产生仰之弥高的感觉。德国语言学家马克斯·缪勒（Max Müller）原以为莎士比亚使用过的词汇最多为15,000个，事后证明这当然是小看了语言大师的词汇储藏量。美国教授爱德华·霍尔登（Edward Holden）经过一番考察后，认为至少达 24,000 个。可是他哪里知道，这依然是一种低估。有学者甚至声称用电脑检索出莎士比亚用的词汇多达 43,566 个！当然，这些数据还不是莎士比亚作品之所以产生空前影响的关键因素。

其次，但也许是更重要的原因：他的作品具有极高的娱乐性。文学作品的生命力在于它能寓教于乐。莎士比亚的作品不是枯燥的说教，而是能够给予读者或观众极大艺术享受的娱乐性创造物，往往具有明显的煽情效果，有意刺激人的欲望。这种艺术取向当然不是纯粹为了娱乐而娱乐，掩藏在背后的是当时西方人强有力的人本主义精神，即用以人为本的价值观来对抗欧洲上千年来以神为本的宗教价值观。重欲望、重娱乐的人本主义倾向明显对重神灵、重禁欲的神本主义产生了极大的挑战。当然，莎士比亚的人本主义与中国古人所主张的人本主义有很大的区别。要而言之，前者在相当大的程度上肯定了人的本能欲望或原始欲望的正当性，而后者则主要强调以人的仁爱为本规范人类社会秩序的高尚的道德要求。二者都具有娱乐效果，但前者具有纵欲性或开放性娱乐效果，后者则具有节欲性或适度自律性娱乐效果。换句话说，对于 16、17 世纪的西方人来说，莎士比亚的作品暗中契合了试图挣脱过分禁欲的宗教教义的约束而走向个性解放的千百万西方人的娱乐追求，因此，它会取得巨大成功是势所必然的。

第三，时势造英雄。人类其实从来不缺善于煽情的作手或视野宏阔的巨匠，缺的常常是时势和机遇。莎士比亚的时代恰恰是英国文艺复兴思潮达到鼎盛的时代。禁欲千年之久的欧洲社会如堤坝围裹的宏湖，表面上浪静风平，其底层却汹涌着决堤的纵欲性暗流。一旦湖堤洞开，飞涛大浪呼卷而下，浩浩汤汤，汇作长河，而莎士比亚恰好是河面上乘势而起的弄潮儿，其迎合西方人情趣的精湛表演，遂赢得两岸雷鸣般的喝彩声。时势不光涵盖社会发展的总趋势，也牵连着别的因素。比如说，文学或文化理论界、政治意识形态对莎士比亚作品理解、阐释的多样性与莎士比亚作品本身内容的多样性产生相辅相成的效果。“说不尽的莎士比亚”成了西方学术界的口头禅。西方的每一种意识形态理论，尤其是文学理论，要想获得有效性，都势必会将阐释莎士比亚的作品作为试金石。17 世纪初的人文主义，18 世纪的启蒙主义，19 世纪的浪漫主义，20 世纪的现实主义或批判现实主义，都不同程度地、选择性地把莎士比亚作品作为阐释其理论特点的例证。也许 17 世纪的古典主义曾经阻遏过西方人对莎士比亚作品的过度热情，但是 19 世纪的浪漫主义流派却把莎士比亚作品推崇到无以复加的崇高地位，莎士比亚俨然成了西方文学的神灵。20 世纪以来，西方资本主义阵营和社会主义阵营可以说在意识形态的各个方面都互相对立，势同水火，可是在对待莎士比亚的问题上，居然有着惊人的共识与默契。不用说，社会主义阵营的立场与社会主义理论的创始者马克思（Karl Marx）、恩格斯（Friedrich Engels）个人的审美情趣息息相关。马克思一家都是莎士比亚的粉丝；马克思称莎士比亚为“人类最伟大的天才之一，人类文学奥林波斯山上的宙斯”！他号召作家们要更加莎士比亚化。恩格斯甚至指出：“单是《快乐的温莎巧妇》[1]的第一幕就比全部德国文学包含着更多的生活气息。”不用说，这些话多多少少有某种程度的文学性夸张，但对莎士比亚的崇高地位来说，却无疑产生了极大的推动作用。

第四，1623 年版《莎士比亚全集》奠定莎士比亚崇拜传统。这个版本即眼前译本所依据的皇家版《莎士比亚全集》（*The RSC William Shakespeare: Complete Works*, 2007）的主要内容。该版本产生于莎士比亚去世的第七年。莎士比亚的舞台同仁赫明奇（John Heminge）和康德尔（Henry Condell）整理出版了第一部莎士比亚戏剧集。当时的大学者、大

1 英文剧名为 The Merry Wives of Windsor，朱生豪先生译作《温莎的风流娘儿们》；重译本综合考虑剧情和英文书名，译作《快乐的温莎巧妇》。

作家本·琼森为之题诗，诗中写道："他非一代骚人，实属万古千秋。"这个调子奠定了莎士比亚偶像崇拜的传统。而这个传统一旦形成，后人就难以反抗。英国文学中的莎士比亚偶像崇拜传统已经形成了一种自我完善、自我调整、自我更新的机制。至少近两百年来，莎士比亚的文学成就已被宣传成世界文学的顶峰。

第五，现在署名"莎士比亚"的作品很可能不只是莎士比亚一个人的成果，而是凝聚了当时英国若干戏剧创作精英的团体努力。众多大作家的智慧浓缩在以"莎士比亚"为代号的作品集中，其成就的伟大性自然就获得了解释。当然，这最后一点只是莎士比亚研究界若干学者的研究性推测，远非定论。有的莎士比亚著作爱好者害怕一旦证明莎士比亚不是署名为"莎士比亚"的著作的作者，莎士比亚的著作便失去了价值，这完全是杞人忧天。道理很简单，人们即使证明了《红楼梦》的作者不是曹雪芹，或《三国演义》的作者不是罗贯中，也丝毫不影响这些作品的伟大价值。同理，人们即使证明了《莎士比亚全集》不是莎士比亚一个人创作的，也丝毫不会影响《莎士比亚全集》是世界文学中的伟大作品这个事实，反倒会更有力地证明这个事实，因为集体的智慧远胜于个人。

皇家版《莎士比亚全集》译本翻译总思路

横亘于前的这套新译本，是依据当今莎学界最负声望的皇家版《莎士比亚全集》进行翻译的，而皇家版又正是以本·琼森题过诗的1623年版《莎士比亚全集》为主要依据。

这套译本是在考察了中国现有的各种译本后，根据新的历史条件和新的翻译目的打造出来的。其总的翻译思路是本套译本主编会同外语教学与研究出版社的相关领导和责任编辑讨论的结果。总起来说，皇家版《莎士比亚全集》译本在翻译思路上主要遵循了以下几条：

1. 版本依据。如上所述，本版汉译本译文以英国皇家版《莎士比亚全集》为基本依据。但在翻译过程中，译者亦酌情参阅了其他版本，以增进对原作的理解。

2. 翻译内容包括：内页所含全部文字。例如作品介绍与评论、正文、注释等。

3. 注释处理问题。对于注释的处理：1）翻译时，如果正文译文已经将英文版某注释的基本含义较准确地表达出来了，则该注释即可取消；2）如果正文译文只是部分地将英文版对应注释的基本含义表达出来，则该注释可以视情况部分或全部保留；3）如果注释本身存疑，可以在保留原注的情况下，加入译者的新注。但是所加内容务必有理有据。

4. 翻译风格问题。对于风格的处理：1）在整体风格上，译文应该尽量逼肖原作整体风格，包括以诗体译诗体，以散体译散体；2）在具体的文字传输处理上，通常应该注重汉译本身的文字魅力，增强汉译本的可读性。不宜太白话，不宜太文言；文白用语，宜尽量自然得体。句子不要太绕，注意汉语自身表达的句法结构，尤其是其逻辑表达方式。意义的异化性不等于文字形式本身的异化性，因此要注意用汉语的归化性来传输、保留原作含义的异化性。朱生豪先生的译本语言流畅、可读性强，但可惜不是诗体，有违原作形式。当下译本是要在承传朱先生译本优点的基础上，根据新时代的读者审美趣味，取得新的进展。梁实秋先生等的译本，在达意的准确性上，比朱译有所进步，也是我们应该吸纳的优点。但是梁译文采不足，则须注意避其短。方平先生等的译本，也把莎士比亚翻译往前推进了一步，在进行大规模诗体翻译方面作出了宝贵的尝试，但是离真正的诗体尚有距离。此外，前此的所有译本对于莎士比亚原作的色情类用语都有程度不同的忽略，本套皇家版译本则尽力在此方面还原莎士比亚的本真状态（论述见后文）。其他还有一些译本，亦都应该受到我们的关注，处理原则类推。每种译本都有自己独特的东西。我们希望美的译文是这套译本的突出特点。

5. 借鉴他种汉译本问题。凡是我们曾经参考过的较好的译本，都在适当的地方加以注明，承认前辈译者的功绩。借鉴利用是完全必要的，但是要正大光明，避免暗中抄袭。

6. 具体翻译策略问题特别关键，下文将其单列进行陈述。

莎士比亚作品翻译领域大转折：真正的诗体译本

莎士比亚首先是一个诗人。莎士比亚的作品基本上都以诗体写成。因此，要想尽可能还原本真的莎士比亚，就必须将莎士比亚作品翻译成为诗体而不是散文，这在莎学界已经成为共识。但是紧接而来的问题是：什么叫诗体？或需要什么样的诗体？

按照我们的想法：1）所谓诗体，首先是措辞上的诗味必须尽可能浓郁；2）节奏上的诗味（包括分行）等要予以高度重视；3）结合中国人的审美习惯，剧文可以押韵，也可以不押韵。但不押韵的剧文首先要满足前两个要求。

本全集翻译原计划由笔者一个人来完成。但是，莎士比亚的创作具有惊人的多样性，其作品来源也明显具有莎士比亚时代若干其他作家与作品的痕迹，因此，完全由某一个译者翻译成一种风格，也许难免偏颇，难以和莎士比亚风格的多样性相呼应。所以，集众人的力量来完成大业，应该更加合理，更加具有可操作性。

具体说来，新时代提出了什么要求？简而言之，就是用真正的诗体翻译莎士比亚的诗体剧文。这个任务，是朱生豪先生无法完成的。朱先生说过，他在翻译莎士比亚作品时，“当然预备全部用散文译出，否则将要了我的命”。[1]显然，朱先生也考虑过用诗体来翻译莎士比亚著作的问题，但是他的结论是：第一，靠单独一个人用诗体翻译《莎士比亚全集》是办不到的，会因此累死；第二，他用散文翻译也是不得已的办法，因为只有这样他才有可能在有生之年完成《莎士比亚全集》的翻译工作。

将《莎士比亚全集》翻译成诗体比翻译成散文体要难得多。难到什么程度呢？和朱生豪先生的翻译进度比较一下就知道了。朱先生翻译得最快的时候，一天可以翻译一万字。[2]为什么会这么快？朱先生才华过人，这当然是一个因素，但关键因素是：他是用散文翻译的。用真正的诗体就不一样了。以笔者自己的体验，今日照样用散文翻译莎士比亚剧本，最快时也可达到每日一万字。这是因为今日的译者有比以前更完备的注释本和众多的前辈汉译本作参考，至少在理解原著时，要比朱先生当年省力得多，所以翻译速度上最高达到一万字是不难的。但是翻译成诗体就是另外一回事了。这比自己写诗还要难得多。写诗是自己随意发挥，译诗则必须按照别人的意思发挥，等于是戴着镣铐跳舞。笔者自己写诗，诗兴浓时，一天数百行都可以写得出来，但是翻译诗，一天只能是几十行，统计成字数，往往还不到一千字，最多只是朱生豪先生散文翻译速度的十分之一。梁实秋先生翻译《莎士比亚全集》用的也是散文，但是也花了37年，如果要翻译成真正的诗体，那么至少得370年！由此可见，真正的诗体《莎士比亚全集》汉译本的诞生，有多么艰难。此次笔者约稿的各位译者，都是用诗体翻译，并且都表示花费了大量的时间，

1 见朱生豪大约在1936年夏致宋清如信：“今天下午，我试译了两页莎士比亚，还算顺利，不过恐怕终于不过是Poor Stuff而已。当然预备全部用散文译出，否则将要了我的命。”（《伉俪：朱生豪宋清如诗文选》下卷，中国青年出版社，2013年，第94页）

2 朱生豪：“今天因为提起了精神，却很兴奋，晚上译了六千字，今天一共译一万字。”（同上，第101页）

皇家版《莎士比亚全集》译本凝聚了诸位译者的多少努力，也就不言而喻了。

翻译诗体分辨：不是分了行就是真正的诗

主张将莎士比亚剧作翻译成诗体成了共识，但是什么才是诗体，却缺乏共识。在白话诗盛行的时代，许多人只是简单地认定分了行的文字就是诗这个概念。分行只是一个初级的现代诗要求，甚至不必是必然要求，因为有些称为诗的文字甚至连分行形式都没有。不过，在莎士比亚作品的翻译上，要让译文具有诗体的特征，首先是必定要分行的，因为莎士比亚原作本身就有严格的分行形式。这个不用多说。但是译文按莎士比亚的方式分了行，只是达到了一个初级的低标准。莎士比亚的剧文读起来像不像诗，还大有讲究。

卞之琳先生对此是颇有体会的。他的译本是分行式诗体，但是他自己也并不认为他译出的莎士比亚剧本就是真正的诗体译本。他说：读者阅读他的译本时，"如果……不感到是诗体，不妨就当散文读，就用散文标准来衡量"。[1] 这是一个诚实的译者说出的诚实话。不过，卞先生很谦虚，他有许多剧文其实读起来还是称得上诗体的。原因是什么？原因是他注意到了笔者上文提到的两点：第一，诗的措辞；第二，诗的节奏。只不过他迫于某些客观原因，并没有自始至终侧重这方面的追求而已。

显然，一些译本翻译了莎士比亚的剧文，在行数上靠近莎士比亚原作，措辞也还流畅。这些是不是就是理想的诗体莎士比亚译本呢？笔者认为，这还不够。什么是诗，对于中国人来说有几千年的历史，我们不

1　卞之琳：《莎士比亚悲剧四种》，方志出版社，2007 年，第 4 页。

能脱离这个悠久的传统来讨论这个问题。为此，我们不得不重新提到一些基本概念：什么是诗？什么是诗歌翻译？

诗歌是语言艺术，诗歌翻译也就必须是语言艺术

讨论诗歌翻译必须从讨论诗歌开始。

诗主情。诗言志。诚然。但诗歌首先应该是一种精妙的语言艺术。同理，诗歌的翻译也就不得不首先表现为同类精妙的语言艺术。若译者的语言平庸而无光彩，与原作的语言艺术程度差距太远，那就最多只是原诗含义的注释性文字，算不得真正的诗歌翻译。

那么，何谓诗歌的语言艺术？

无他，修辞造句、音韵格律一整套规矩而已。无规矩不成方圆，无限制难成大师。奥运会上所有的技能比赛，无不按照特定的规矩来显示参赛者高妙的技能。德国诗人歌德（Johann Wolfgang von Goethe）《自然和艺术》（"Natur und Kunst"）一诗最末两行亦彰扬此理：

非限制难见作手，
唯规矩予人自由。[1]

艺术家的"自由"，得心应手之谓也。诗歌既为语言艺术，自然就有一整套相应的语言艺术规则。诗人应用这套规则时，一旦达到得心应手的程度，那就是达到了真正成熟的境界。当然，规矩并非一点都不可打破，但只有能够将规矩使用到随心所欲而不逾矩的程度的人，才真正有资格去创立新规矩，丰富旧规矩。创新是在承传旧规则长处的基础上来进行的，而不是完全推翻旧规则，肆意妄为。事实证明，在语言艺术上

1 In der Beschränkung zeigt sich erst der Meister, / Und das Gesetz nur kann uns Freiheit geben. 参见 http://www.business-it.nl/files/7d413a5dca62fc735a072b16fbf050b1-27.php.

凡无视积淀千年的诗歌语言规则，随心所欲地巧立名目、乱行胡来者，永不可能在诗歌语言艺术上取得大的成就，所以歌德认为：

若徒有放任习性，
则永难至境遨游。[1]

诗歌语言艺术如此需要规则，如此不可放任不羁，诗歌的翻译自然也同样需要相类似的要求。这个要求就是笔者前面提出的主张：若原诗是精妙的语言艺术，则理论上说来，译诗也应是同类精妙的语言艺术。

但是，"同类"绝非"同样"。因为，由于原作和译作使用的语言载体不一样，其各自产生的语言艺术规则和效果也就各有各的特点，大多不可同样复制、照搬。所以译作的最高目标，是尽可能在译入语的语言艺术领域达到程度大致相近的语言艺术效果。这种大致相近的艺术效果程度可叫作"最佳近似度"。它实际上也就是一种翻译标准，只不过针对不同的文类，最佳近似度究竟在哪些因素方面可最佳程度地（并不一定是最大程度地）取得近似效果，不是一成不变的，而是具有高度的灵活性。不同的文类，甚至针对不同的受众，我们都可以设定不同的最佳近似度。这点在拙著《中西诗比较鉴赏与翻译理论》（清华大学出版社，2010年）的相关章节中有详细的厘定，此不赘。

话与诗的关系：话不是诗

古人的口语本来就是白话，与现在的人说的口语是白话一个道理。

1 Vergebens werden ungebundene Geister / Nach der Vollendung reiner Höhe streben. 参见 http://www.cosmiq.de/qa/show/3454062/Vergebens-werden-ungebundne-Geister-Nach-der-Vollendung-reiner-Hoehe-streben-Was-ist-die-Bedeutung-dieser-2-Verse-Ich-komm-nicht-drauf/t.

正因为白话太俗，不够文雅，古人慢慢将白话进行改进，使它更加规范、更加准确，并且用语更加丰富多彩，于是文言产生。在文言的基础上，还有更文的文字现象，那就是诗歌，于是诗歌产生。所以就诗歌而言，文言味实际上就是一种特殊的诗味。文言有浅近的文言，也有佶屈聱牙的文言。中国传统诗歌绝大多数是浅近的文言，但绝非口语、白话。诗中有话的因素，自不待言，但话的因素往往正是诗试图抑制的成分。

文言和诗歌的产生是低俗的口语进化到高雅、准确层次的标志。文言和诗歌的进一步发展使得语言的艺术性愈益增强。最终，文言和诗歌完成了艺术性语言的结晶化定型。这标志着古代文学和文学语言的伟大进步。《诗经》、楚辞、唐诗、宋词、元明戏曲，以及从先秦、汉、唐、宋、元至明清的散文等，都是中国语言艺术逐步登峰造极的明证。

人们往往忘记：话不是诗，诗是话的升华。话据说至少有**几十万年**的历史，而诗却只有**几千年**的历史。白话通过漫长的岁月才升华成了诗。因此，从理论上说，白话诗不是最好的诗，而只是低层次的、初级的诗。当一行文字写得不像是话时，它也许更像诗。"太阳落下山去了"是话，硬说它是诗，也只是平庸的诗，人人可为。而同样含义的"白日依山尽"不像是话，却是真正的诗，非一般人可为，只有诗人才写得出。它的语言表达方式与一般人的通用白话脱离开来了，实现了与通用语的偏离（deviation from the norm）。这里的通用语指人们天天使用的白话。试想把唐诗宋词译成白话，还有多少诗味剩下来？

谢谢古代先辈们一代又一代、不屈不挠的努力，话终于进化成了诗。

但是，20 世纪初一些激进的中国学者鼓荡起一场声势浩大的白话文运动。

客观说来，用白话文来书写、阅读自然科学和人文科学文献，例如哲学、政治学、伦理学、经济学等等文献，这都是**伟大的进步**。这个进步甚至可以上溯到八百多年前朱熹等大学者用白话体文章传输理学思想。对此笔者非常拥护，非常赞成。

但是约一百年前的白话诗运动却未免走向了极端，事实上是一种语言艺术方面的倒退行为。已经高度进化的诗词曲形式被强行要求返祖回归到三千多年前的类似白话的状态，已经高度语言艺术化了的诗被强行要求退化成话。艺术性相对较低的白话反倒成了正统，艺术性较高的诗反倒成了异端。其实，容许口语类白话诗和文言类诗并存，这才是正确的选择。但一些激进学者故意拔高白话地位，在诗歌创作领域搞成白话至上主义，这就走上了极端主义道路。

这个运动影响到诗歌翻译的结果是什么呢？结果是西方所有的大诗人，不论是古代的还是近代的，如荷马（Homer）、但丁（Dante）、莎士比亚、歌德、雨果（Victor Hugo）、普希金（Alexander Pushkin）……都莫名其妙地似乎用同一支笔写出了 20 世纪初才出现的味道几乎相同的白话文汉诗！

将产生这种极端性结果的原因再回推，我们会清楚地明白，当年的某些学者把文学艺术简单雷同于人文社会科学，误解了文学艺术，尤其是诗歌艺术的特殊性质，误以为诗就是话，混淆了诗与话的形式因素。

针对莎士比亚戏剧诗的翻译对策

由上可知，莎士比亚的剧文既然大多是格律诗，无论有韵无韵，它们都是诗，都有格律性。因此在汉译中，我们就有必要显示出它具有格律性，而这种格律性就是诗性。

问题在于，格律性是附着在语言形式上的；语言改变了，附着其上的格律性也就大多会消失。换句话说，格律大多不可复制或模仿，这就正如用钢琴弹不出二胡的效果，用古筝奏不出黑管的效果一样。但是，原作的内在旋律是可以模仿的，只是音色变了。原作的诗性是可以换个形式营造的，这就是利用汉语本身的语言特点营造出大略类似的语言艺术审美效果。

由于换了另外一种语言媒介，原作的语音美设计大多已经不能照搬、复制，甚至模拟了，那么我们就只好断然舍弃掉原作的许多语音美设计，而代之以译入语自身的语言艺术结构产生的语音美艺术设计。当然，原作的某些语音美设计还是可以尝试模拟保留的，但在通常的情况下，大多数的语音美已经不可能传输或复制了。

利用汉语本身的语音审美特点来营造莎士比亚诗歌的汉译语音审美效果，是莎士比亚作品翻译的一个有效途径。机械照搬原作的语音审美模式多半会失败，并且在大多数的场合下也没有必要。

具体说来，这就涉及翻译莎士比亚戏剧作品时该如何处理：1）节奏；2）韵律；3）措辞。笔者主张，在这三个方面，我们都可以适当借鉴利用中国古代词曲体的某些因素。戏剧剧文中的诗行一般都不宜多用单调的律诗和绝句体式。元明戏剧为什么没有采用前此盛行的五言或七言诗行而采用了长短错杂、众体皆备的词曲体？这是一种艺术形式发展的必然。元明曲体由于要更好更灵活地满足抒情、叙事、论理等诸多需要，故借用发展了词的形式，但不是纯粹的词，而是融入了民间语汇。词这种形式涵盖了一言、二言、三言、四言、五言、六言、七言、八言……乃至十多言的长短句式，因此利于表达变化莫测的情、事、理。从这个意义上看，莎士比亚剧文语言单位的参差不齐状态与中文词曲体句式的参差不齐状态正好有某种相互呼应的效果。

也许有人说，莎士比亚的剧文虽然是格律诗，但并不怎么押韵，因此汉诗翻译也就不必押韵。这个说法也有一定道理，但是道理并不充实。

首先，我们应该明白，既然莎士比亚的剧文是诗体，人们读到现今的散体译文或不押韵的分行译文却难以感受到其应有的诗歌风味，原因即在于其音乐性太弱。如果人们能够照搬莎士比亚素体诗所惯常用的音步效果及由此引起的措辞特点，当然更好。但事实上，原作的节奏效果是印欧语系语言本身的效果，换了一种语言，其效果就大多不能搬用了，所以我们只好利用汉语本身的优势来创造新的音乐美。这种音乐美很难说是原作的音乐美，但是它毕竟能够满足一点：即诗体剧文应该具有诗歌应有的音乐美这个起码要求。而汉译的押韵可以强化这种音乐美。

其次，莎士比亚的剧文不押韵是由诸多因素造成的。第一，属于印欧语系语言的英语在押韵方面存在先天的多音节不规则形式缺陷，导致押韵词汇范围相对较窄。所以对于英国诗人来说，很苦于押韵难工；莎士比亚的许多押韵体诗，例如十四行诗，在押韵方面都不很工整。其次，莎士比亚的剧文虽不押韵，却在节奏方面十分考究，这就弥补了音韵方面的不足。第三，莎士比亚的剧文几乎绝大多数是诗行，对于剧作者来说，每部长达两三千行的诗行行都要押韵，这是一个极大的挑战，很难完成。而一旦改用素体，剧作者便会轻松得多。但是，以上几点对于汉语译本则不是一个问题。汉语的词汇及语音构成方式决定了它天生就是一种有利于押韵的艺术性语言。汉语存在大量同韵字，押韵是一件很容易的事情。汉语的语音音调变化也比莎士比亚使用的英语的音调变化空间大一倍以上。汉语音调至少有四种（加上轻重变化可达六至八种），而英语的音调主要局限于轻重语调两种，所以存在于印欧语系文字诗歌中的频频押韵有时会产生的单调感，在汉语中会在很大程度上由于语调的多变而得到缓解。故汉语戏剧剧文在押韵方面有很大的潜在优势空间，实际上元明戏剧剧文频频押韵就是证明。

第三，莎士比亚的剧文虽然很多不押韵，但却具极强的节奏感。他惯用的格律多半是抑扬格五音步（iambic pentameter）诗行。如果我们在节奏方面难以传达原作的音美，或者可以通过韵律的音美来弥补节奏美的丧失，这种翻译对策谓之堤内损失堤外补，亦谓失之东隅，收之桑榆。我们的语言在某方面有缺陷，可以通过另一方面的优点来弥补。当然，笔者主张在一定程度上借鉴利用传统词曲的风味，却并不主张使用宋词、元曲式的严谨格律，而只是追求一种过分散文化和过分格律化之间的妥协状态。有韵但是不严格，要适当注意平仄，但不过多追求平仄效果及诗行的整齐与否；不必有太固定的建行形式，只是根据诗歌本身的内容和情绪赋予适当的节奏与韵式。在措辞上则保持与白话有一段距离，但是绝非佶屈聱牙的文言，而是趋近典雅、但普通读者也能读懂的语言。

最后，根据翻译标准多元互补论原理，由于莎士比亚作品在内容、形式及审美效应方面具有多样性，因此，只用一种类乎纯诗体译法来翻译所有的莎士比亚剧文，也是不完美的，因为单一的做法也许无形中堵塞了其他有益的审美趣味通道。因此，这套译本的译风虽然整体上强调诗化、诗味，但是在营造诗味的途径和程度上不是单一的。我们允许诗体译风的灵活性和创新性。多译者译法实际上也是在探索诗体译法的诸多可能性，这为我们将来进一步改进这套译本铺垫了一条较宽的道路。因此，译文从严格押韵、半押韵到不押韵的各个程度，译本都有涉猎。但是，无论是否押韵，其节奏和措辞应该总是富于诗意，这个要求则是统一的。这是我们对皇家版《莎士比亚全集》译本的语言和风格要求。不能说我们能完全达到这个目标，但我们是往这个方向努力的。正是这样的努力，使这套译本与前此译本有很大的差异，在一定的意义上来说，标志着中国莎士比亚著作翻译的一次大转折。

翻译突破：还原莎士比亚作品禁忌区域

另有一个课题是中国学者从前讨论得比较少的禁忌领域，即莎士比亚著作中的性描写现象。

许多西方学者认为，莎士比亚酷爱色情字眼，他的著作渗透着性描写、性暗示。只要有机会，他就总会在字里行间，用上与性相联系的双关语。西方人很早就搜罗莎士比亚著作的此类用语，编纂了莎士比亚淫秽用语词典。这类词典还不止一种。1995年，我又看到弗朗基·鲁宾斯坦（Frankie Rubinstein）等编纂了《莎士比亚性双关语释义词典》（*A Dictionary of Shakespeare's Sexual Puns and Their Significance*），厚达372页。

赤裸裸的性描写或过多的淫秽用语在传统中国文学作品中是受到非议的，尽管有《金瓶梅》这样被判为淫秽作品的文学现象，但是中国传统的主流舆论还是抑制这类作品的。莎士比亚的作品固然不是通常意义上的淫秽作品，但是它的大量实际用语确实有很强的色情味。这个极鲜明的特点恰恰被前此的所有汉译本故意掩盖或在无意中抹杀掉。莎士比亚的所有汉译者，尤其是像朱生豪先生这样的译者，显然不愿意中国读者看到莎士比亚的文笔有非常泼辣的大量使用性相关脏话的特点。这个特点多半都被巧妙地漏译或改译。于是出现一种怪现象，莎士比亚著作中有些大段的篇章变成汉语后，尽管读起来是通顺的，读者对这些话语却往往感到莫名其妙。以《罗密欧与朱丽叶》第一幕第一场前面的30行台词为例，这是凯普莱特家两个仆人山普孙与葛莱古里之间的淫秽对话。但是，读者阅读过去的汉译本时，很难看到他们是在说淫秽的脏话，甚至会认为这些对话只是仆人之间的胡话，没有什么意义。

不过，前此的译本对这类用语和描写的态度也并不完全一样，而是依据年代距离在逐步改变。朱生豪先生的译本对这些东西删除改动得最多，梁实秋先生已经有所保留，但还是有节制。方平先生等的译本保留得更多一些，但仍然持有相当的保留态度。此外，从英语的不同版本看，有的版本注释得明白，有的版本故意模糊，有的版本注释者自己也没有弄懂这些双关语，那就更别说中国译者了。

在这一点上，我们目前使用的皇家版《莎士比亚全集》是做得最好的。

那么，我们该怎样来翻译莎士比亚的这种用语呢？是迫于传统中国道德取向的习惯巧妙地回避，还是尽可能忠实地传达莎士比亚的本真用意？我们认为，前此的译本依据各自所处时代的中国人道德价值的接受状态，采用了相应的翻译对策，出现了某种程度的曲译，这是可以理解的，是特定历史条件下的产物。但是，历史在前进，中国人的道德观已经有了很大的改变，尤其是在性禁忌领域。说实话，无论我们怎样真实地还原莎士比亚著作中的性双关描写，比起当代文学作品中有时无所忌讳的淫秽描写来，莎士比亚还真是有小巫见大巫的感觉。换句话说，目前中国人在这方面的外来道德价值接受状态，已经完全可以接受莎士比亚著作中的性双关用语了。因此，我们的做法是尽可能真实还原莎士比亚性相关用语的现象。在通常的情况下，如果直译不能实现这种现象的传输，我们就采用注释。可以说，在这方面，目前这个版本是所有莎士比亚汉译本中做得最超前的。

译法示例

莎士比亚作品的文字具有多种风格，早期的、中期的和晚期的语言风格有明显区别，悲剧、喜剧、历史剧、十四行诗的语言风格也有区别。甚至同样是悲剧或喜剧，莎士比亚的语言风格往往也会很不相同。比如同样是属于悲剧，《罗密欧与朱丽叶》剧文中就常常有押韵的段落，而大悲剧《李尔王》却很少押韵；同样是喜剧，《威尼斯商人》是格律素体诗，而《快乐的温莎巧妇》却大多是散文体。

与此现象相应，我们的翻译当然也就有多种风格。虽然不完全一一对应，但我们有意避免将莎士比亚著作翻译成千篇一律的一种文体。从这个意义上说，皇家版《莎士比亚全集》汉译本在某些方面采用了全新的译法。这种全新译法不是孤立的一种译法，而是力求展示多种翻译风格、多种审美尝试。多样化为我们将来精益求精提供了相对更多的选择。如果现在固定为一种单一的风格，那么将来要想有新的突破，就困难了。概括说来，我们的多种翻译风格主要包括：1）有韵体诗词曲风味译法；2）有韵体现代文白融合译法；3）无韵体白话诗译法。下面依次选出若干相应风格的译例，供读者和有关方面品鉴。

一、有韵体诗词曲风味译法

有韵体诗词曲风味译法注意使用一些传统诗词曲中诗味比较浓郁的词汇，同时注意遣词不偏僻，节奏比较明快，音韵也比较和谐。但是，它们并不是严格意义上的传统诗词曲，只是带点诗词曲的风味而已。例如：

女巫甲　何时我等再相逢？
闪电雷鸣急雨中？
女巫乙　待到硝烟烽火静，
沙场成败见雌雄。
女巫丙　残阳犹挂在西空。　（《麦克白》第一幕第一场）

小丑甲　当时年少爱风流，
有滋有味有甜头；
行乐哪管韶华逝，
天下柔情最销愁。　（《哈姆莱特》第五幕第一场）

朱丽叶 天未曙，罗郎，何苦别意匆忙？
鸟音啼，声声亮，惊骇罗郎心房。
休听作破晓云雀歌，只是夜莺唱，
石榴树间，夜夜有它设歌场。
信我，罗郎，端的只是夜莺轻唱。

罗密欧 不，是云雀报晓，不是莺歌，
看东方，无情朝阳，暗洒霞光，
流云万朵，镶嵌银带飘如浪。
星斗如烛，恰似残灯剩微芒，
欢乐白昼，悄然驻步雾嶂群岗。
奈何，我去也则生，留也必亡。

朱丽叶 听我言，天际微芒非破晓霞光，
只是金乌，吐射流星当空亮，
似明炬，今夜为郎，朗照边邦，
何愁它曼托瓦路，漫远悠长。
且稍待，正无须行色皇皇仓仓。

罗密欧 纵身陷人手，蒙斧钺加诛于刑场；
只要这勾留遂你愿，我欣然承当。
让我说，那天际灰朦，非黎明醒眼，
乃月神眉宇，幽幽映现，淡淡辉光；
那歌鸣亦非云雀之讴，哪怕它
嚣然振动于头上空冥，嘹亮高亢。
我巴不得栖身此地，永不他往。
来吧，死亡！倘朱丽叶愿遂此望。
如何，心肝？畅谈吧，趁夜色迷茫。

（《罗密欧与朱丽叶》第三幕第五场）

二、有韵体现代文白融合译法

有韵体现代文白融合译法的特点是：基本押韵，措辞上白话与文言尽量能够水乳交融；充分利用诗歌的现代节奏感，俾便能够念起来朗朗上口。例如：

哈姆莱特 死，还是生？这才是问题根本：
莫道是苦海无涯，但操戈奋进，
终赢得一片清平；或默对逆运，
忍受它箭石交攻，敢问，
两番选择，何为上乘？
死灭，睡也，倘借得长眠
可治心伤，愈千万肉身苦痛痕，
则岂非美境，人所追寻？死，睡也，
睡中或有梦魇生，唉，症结在此；
倘能撒手这碌碌凡尘，长入死梦，
又谁知梦境何形？念及此忧，
不由人踌躇难定：这满腹疑情
竟使人苟延年命，忍对苦难平生。
假如借短刀一柄，即可解脱身心，
谁甘愿受人世的鞭挞与讥评，
强权者的威压，傲慢者的骄横，
失恋的痛楚，法律的耽延，
官吏的暴虐，甚或默受小人
对贤德者肆意拳脚加身？
谁又愿肩负这如许重担，
流汗、呻吟，疲于奔命，
倘非对死后的处境心存疑云，

惧那未经发现的国土从古至今
无孤旅归来，意志的迷惘
使我辈宁愿忍受现世的忧闷，
而不敢飞身投向未知的苦境？
前瞻后顾使我们全成懦夫，
于是，本色天然的决断决行，
罩上了一层思想的惨淡余阴，
只可惜诸多待举的宏图大业，
竟因此如逝水忽然转向而行，
失掉行动的名分。　　（《哈姆莱特》第三幕第一场）

麦克白　若做了便是了，则快了便是好。
若暗下毒手却能横超果报，
割人首级却赢得绝世功高，
则一击得手便大功告成，
千了百了，那么此际此宵，
身处时间之海的沙滩、岸畔，
何管它来世风险逍遥。但这种事，
现世永远有裁判的公道：
教人杀戮之策者，必受杀戮之报；
给别人下毒者，自有公平正义之手
让下毒者自食盘中毒肴。　　（《麦克白》第一幕第七场）

损神，耗精，愧煞了浪子风流，
都只为纵欲眠花卧柳，
阴谋，好杀，赌假咒，坏事做到头；

心毒手狠，野蛮粗暴，背信弃义不知羞。
才尝得云雨乐，转眼意趣休。
舍命追求，一到手，没来由
便厌腻个透。呀恰，恰像是钓钩，
但吞香饵，管教你六神无主不自由。
求时疯狂，得时也疯狂，
曾有，现有，还想有，要玩总玩不够。
适才是甜头，转瞬成苦头。
求欢同枕前，梦破云雨后。
唉，普天下谁不知这般儿歹症候，
却避不得便往这通阴曹的天堂路儿上走！
（十四行诗第一百二十九首）

三、无韵体白话诗译法

无韵体白话诗译法的特点是：虽然不押韵，但是译文有很明显的和谐节奏，措辞畅达，有诗味，明显不是普通的口语。例如：

贡妮芮　父亲，我爱您非语言所能表达；
胜过自己的眼睛、天地、自由；
超乎世上的财富或珍宝；犹如
德貌双全、康强、荣誉的生命。
子女献爱，父亲见爱，至多如此；
这种爱使言语贫乏，谈吐空虚：
超过这一切的比拟——我爱您。（《李尔王》第一幕第一场）

李尔　国王要跟康沃尔说话，慈爱的父亲
要跟他女儿说话，命令、等候他们服侍。

这话通禀他们了吗？我的气血都飙起来了！
火爆？火爆公爵？去告诉那烈性公爵——
不，还是别急：也许他是真不舒服。
人病了，常会疏忽健康时应尽的
责任。身子受折磨，
逼着头脑跟它受苦，
人就不由自主了。我要忍耐，
不再顺着我过度的轻率任性，
把难受病人偶然的发作，错认是
健康人的行为。我的王权废掉算了！
为什么要他坐在这里？这种行为
使我相信公爵夫妇不来见我
是伎俩。把我的仆人放出来。
去跟公爵夫妇讲，我要跟他们说话，
现在就要。叫他们出来听我说，
不然我要在他们房门前打起鼓来，
不让他们好睡。　　　　　　（《李尔王》第二幕第二场）

奥瑟罗　诸位德高望重的大人，
我崇敬无比的主子，
我带走了这位元老的女儿，
这是真的；真的，我和她结了婚，说到底，
这就是我最大的罪状，再也没有什么罪名
可以加到我头上了。我虽然
说话粗鲁，不会花言巧语，
但是七年来我用尽了双臂之力，

直到九个月前，我一直
都在战场上拼死拼活，
所以对于这个世界，我只知道
冲锋向前，不敢退缩落后，
也不会用漂亮的字眼来掩饰
不漂亮的行为。不过，如果诸位愿意耐心听听，
我也可以把我没有化装掩盖的全部过程，
一五一十地摆到诸位面前，接受批判：
我绝没有用过什么迷魂汤药、魔法妖术，
还有什么歪门邪道——反正我得到他的女儿，
全用不着这一套。　　（《奥瑟罗》第一幕第三场）

目　录

《亨利四世》二联剧导言

莎士比亚融汇喜剧、历史剧和悲剧于一体的艺术技巧之臻于完美，最见于《亨利四世》二联剧之中。作为历史剧，这两部剧作以浓墨重彩的笔触，绘就了英格兰的世相全景图，包罗的社会领域之广，远胜此前的任何历史剧；随着剧情的演进，从宫廷到酒肆，从枢密院到疆场，从城市到乡村，从大主教和大法官到妓女和小偷，形形色色，众生百态，展示无遗。作为喜剧，《亨利四世》讲述了一个浪子幡然回归正途的成长故事，同时还把一个老无赖[1]安身立命的种种伎俩一一呈现，比如他如何插科打诨、大话弥天，以及他以己之“智”让“别人因我而聪明”[2]的人生妙术。作为悲剧，《亨利四世》向人们展示了一个无法摆脱自身过去的国王如何一步步走向日暮穷途，一介骄鲁武夫如何倏然早夭，空留曾经的辉煌武功无人凭吊。同时还为观众呈现了一个并非王子生父的替身父亲如何以其生父所无的热诚拥戴爱护王子，到头来却被抛弃陌路，落得个心碎而亡的下场。

《亨利四世》之前的《理查二世》（*Richard II*）遵循了这样一个悲剧

1 指《亨利四世》中刻画的喜剧人物福斯塔夫。——译者附注

2 见《亨利四世》下篇第一幕第二场。——译者附注

模式：高贵之人的个人秉性同其帝王之位的要求之间的错位。剧中将理查王（King Richard）的陨落与亨利·波林勃洛克的崛起并置，将他们比作一组滑轮上的两只桶，一个沉入井底之时，另一个则从井中升起。而一旦波林勃洛克称王为亨利四世，这一悲剧模式即在下一代人身上反向重演。亨利目睹他的儿子似乎在蜕变成另一个理查，游手好闲，与痞子混混为伍，搞得国中乌烟瘴气。他觉得儿子不像自己那样是个英勇的战士和决断有为的男子汉，倒是在潘西家族的儿子霍茨波身上，亨利看到了他的影子，而正是潘西家族辅助他废黜了理查登上王位。

历史上的亨利·潘西人称“霍茨波”，比亨利王子（常称为“哈利”，唯有福斯塔夫称他为“哈尔”）年长二十余岁，后者即未来的亨利五世、阿金库尔战役[1]的凯旋者。莎士比亚以其一贯的自由不拘的戏剧手法，改变了历史，使两者成为争强斗胜的同代年轻人。亨利四世的噩梦在于历史的重演：霍茨波会反叛他的儿子，就如同他当年反叛理查王。他唯愿是“某个夜游神祇”将两个哈利在襁褓中互换了，“称我的孩子为潘西，称诺森伯兰的孩子为普朗塔热内”。然而，此一时，彼一时，这回是叛乱者败北，真正的继承人胜利了。《亨利四世》是一出双重剧，充满了成对出现的人物。剧中有成对出现的父子，包括亨利国王和王子以及诺森伯兰和霍茨波；扮演年轻主人公义父（surrogate fathers）角色的人物也结对登场，即约翰·福斯塔夫爵士和大法官；还有兄弟血亲成双成对（包括哈利亲王和约翰亲王、诺森伯兰和伍斯特、霍茨波和他的内弟摩提默及有亲戚关系的老哥俩夏禄和赛伦斯）；亦有插科打诨的江湖哥们儿（包括哈尔在酒店结识的以奈德·波因斯为首的“结拜兄弟”）。

在剧中，莎士比亚关注的问题之一，是一个未来的国王该接受什么

1 阿金库尔（Agincourt）战役：又译阿让库尔战役，英法百年战争中著名的以少胜多的战役。——译者附注

样的教育才恰当。都铎王朝的观念认为，一个理想的君主身上应兼有军人、学者和廷臣的品质。剑术、骑战和猎技用于培养中世纪贵族的骑士精神和风度，但此外还需学识渊博的人文师长来教习王子语言、文学、历史、伦理、法律及宗教。同时，繁复的举止规矩、约定俗成的礼仪惯例等，也必须习而从之，因为宫廷之术有赖于此。

霍茨波体现了老式的骑士精神。他宁愿跃马沙场，也不愿同他的夫人卿卿我我。他的人生信条是荣誉至上，对宫廷礼仪则嗤之以鼻，因此他一口回绝了那个衣冠楚楚、面颊光润、手持一个"鼻烟盒"前来令他交出战俘的大臣，并视之为快事。军旅生涯和宫廷生活之间的巨大反差，抵触碰撞之烈，已足以使他反逆生叛。他的勇气和精力无限，但是他"跃上容颜苍白的月亮，/ 取来荣誉之皎洁之光"的雄心却遭到奚落：他的夫人揶揄他，王子哈尔嘲笑他"北方的霍茨波，吃一顿早饭的工夫就杀了七八十个苏格兰人，洗洗手，对他夫人说：'这种平淡的日子真难过！我要干事。'"他的冲动说明他缺乏心计，有勇无谋，绝非一个政治家。他在一次军事会议上说："该死，/ 我忘记带地图！"一个胸有韬略的战术家最不可能忘记的就是地图，而且即使忘记了，也不会如此承认。

霍茨波代表旧式的骑士精神，其反叛同盟、威尔士人葛兰道厄则体现了同样古老的人生哲学——耽于幻想。他神侃自己降生之际的种种征兆，比如天空出现各具形态的火焰，成群的山羊跑下山来，等等。但此类胡诌常遭人讥讽。当他宣称"能召唤深渊里的幽灵"时，霍茨波挖苦地问他"可你真的召唤之时，他们会来吗？"龙也好，无鳍的鱼也罢，这类"荒诞不经"之语于他们的反叛大业丝毫无补。到头来，葛兰道厄沉迷预言的后果是他未能上阵参战。

《亨利四世》上篇表现哈利王子始而"疏懒"于"骑士之道"，继而年事稍长即回归此道。甚至当他已经在战场上崭露头角时，有关荣誉的批判仍在福斯塔夫的模拟"教理问答"中继续上演："荣誉能接好断腿吗？

不能……谁得到荣誉？礼拜三死去的人。”福斯塔夫的哲学很简单：“我要活命”。他从不介意行为举止的道德和政治准则。他撂下扛在背上的霍茨波的死尸时，对哈尔这样说道：“我不是双重人。”然而他的块头确实是剧中任何一个人的两倍，而且他还相当于活了两次：他在什鲁斯伯里战场上装死捡了一条命，在下篇中又满血归来。摆脱胆怯的福斯塔夫要比击败勇武的霍茨波难得多。“你不是看上去那个样子的东西。”哈尔如是说。在佯装杀死霍茨波一事上，他并不是外表看上去那样一个懦夫。但是他并未亲手杀死霍茨波，仅仅在已死的霍茨波身上捅了一刀，这是极端不荣誉的行为。然而，何谓荣誉？一个词儿而已，一个空洞的符号。唯有骗子、唯有孤注一掷之徒，才得以苟且偷生，而不是荣誉至上之辈。

福斯塔夫既是大骗子，也说大实话，他一语道破战争的实质：士兵就是“当炮灰”。莎士比亚为什么将他写成一个大胖子？原因之一是提醒观众，人之躯体是有血有肉的实体，福斯塔夫的巨大腰身说明，历史不仅由滔滔不绝的演说和轰轰烈烈的事件组成，而且有芸芸众生的日常生活，他们吃、喝、睡觉、死亡：“豪言壮语！精彩人间！老板娘，我的早饭，快！/啊，但愿这酒店就是我的咚咚战鼓！”

本剧上篇的一个关键词是“本能”。霍茨波的勇气出自本能，而福斯塔夫的自我保护意识也源于本能。国王认为其子也是出自本能地怠惰、无责任心。16 世纪的皇家人文教育的宗旨是通过培养王子的道德、语言和政治素质，克服这些与生俱来的习性。对于哈尔，位于依斯特溪泊的国王酒店是对宫廷学堂的模仿，福斯塔夫的身份显然是他的“教师”，而教育的核心是学习一种新的语言，但不是拉丁语，也不是希腊语，更不是文绉绉的宫廷辞令，而是大众的语言。这个哈利掌握了同每一个“汤姆、狄克和弗朗西斯”交谈的门道。他学会了三教九流各色人等的行话——“他们称狂饮为红红脸”——并且“一刻钟之内”“就同他们混得如鱼得水，称兄道弟”，以至于今后一辈子他“同随便哪个补锅匠之流”“都能用他的语言同他喝酒聊天，打成一片”。亨利四世认为，他的前任理查二世的一大弊病就是试图亲民近民，结果销蚀了君民之间的必要距离，而正是这种距离制造了敬畏感并赋予王权以神秘感。而亨利四世自己同公众的遥远距离——他身边几乎都是一帮亲信廷臣，大部分时间都是深居宫闱——却令他大权旁落、威仪日衰。亨利王子则恰恰相反，他了解大众，与民相处，关系洽睦，这使他在《亨利五世》(*Henry V*)中能够鼓动和指挥部众建功立业。这一切正是借助戏剧语言这一媒介得以实现：莎士比亚笔下所有其他英国国王的语言全部是诗句，而哈尔王子讲的却是一口流畅的散文，娴熟而自然，这使他放低了身段，与他的民众打成一片。在阿金库尔战役的前夜，他又一次运用了他在依斯特溪泊所用的手法，微服巡行于他的士卒之中。

王子的成功符合睿智老练的政治家尤利西斯（Ulysses）在《特洛伊罗斯与克瑞西达》(*Troilus and Cressida*）中所宣扬的原则：一个人“不能吹嘘其所有 / 亦不可觉得其所异，除非通过反射，/ 当其美德惠及别人，/ 如热力照射，别人再把热力返回到 / 发出最初热力的他自己”。也就是说，只有经过比较，我们才能作出价值判断。“陛下，潘西仅代理我 / 囊括天下美名”是亨利·蒙茅斯韬光养晦、暂时将荣耀风光让与亨利·霍茨波的权宜之策，如此一来，当他最终挫败霍茨波之时，他的荣耀武功会更加凸显。他的这一策略其实在他的第一段独白所呈示的意象中即已显露无遗：云开后的太阳愈益辉煌，回归正途的王子“如金银衬于暗底而耀眼……愈显今之上进，更赢天下人之羡钦”。此剧结构之妙正在于以几个配角陪衬王子，彰显其德资。

哈利王子属于未来，而其父王则备受过去的困扰。《亨利四世》二联剧中有很多回忆过去波林勃洛克如何以“奸诈手段”“谋得”（或者不如说“篡夺”）王冠的内容。在下篇后半部戏中，国王身处最脆弱之境，岌岌乎殆，那一场戏可能使当时的审查员怏怏不快：重病的国王夜不能寐，思虑国事，社稷有累卵之危，而自己过去的罪孽如重负压身，难以解脱。亨利四世本身就是一个篡位者，因此对于曾经是其盟友的反叛者，他没有赖以树立其权威的基础。他的王权的唯一基石是战场上的胜利，而在上、下两篇中胜利都是通过施用诡计取得的。在上篇的什鲁斯伯里之役中，几个人乔装成国王以蒙蔽敌方。道格拉斯在杀死其中一个假国王之后，以为又遇到一个假的，对他说：“你是何人？/竟假扮国王以欺世？”然而这个国王是真的，不是冒牌货。这真真假假、扑朔迷离，高度戏剧化地点出要害：国王篡夺王位而上台，所以他确实是一个稽冒者。在下篇当中，国王沉疴在身，难以参战，于是，在高尔特里森林中，国王的次子，兰开斯特的约翰亲王，实施了一个马基雅弗利[1]式的卑鄙计划，即公然背信弃义，撕毁事先议定的停战协议。不知这是否意味着哈利王子成了马基雅弗利的忠实追随者，因为马氏鼓吹一个有为的君主可以指使别人为自己干不光彩的勾当？

在《亨利四世》上篇的开头，国王说因为内乱重起，英格兰的土地上又添新创，他必须推迟出师圣地的远征计划。他梦寐以求的是，将耶路撒冷从异教徒手中解放出来，以此为自己赎罪，然而这个梦想一直没有付诸实施。颇具讽刺意味的是，他本人将在圣地了却此生的预言却真的实现了：他死在了王宫中的“耶路撒冷寝宫”里。亨利四世担忧他作为父亲所作的孽将报应在其子身上，这一忧虑很明显源自哈利王子交友不善：

1 马基雅弗利（Machiavelli，1469—1527）：意大利政治家、政治哲学家，主张为达政治目的，可以罔顾道德、不择手段，史称马基雅弗利主义，著有《君主论》（*The Prince*）。——译者附注

因哈利五世去制约之缰策，
无羁野犬必利牙伤及无辜。
吾国饱受内乱之苦，可怜啊！
我在世时的操劳难平国乱，
我之后无人操劳国是奈何？
啊，吾国将返为蛮荒之地，
老狼出没街衢，人迹了了。

他预料，王子的任性无道，如“无羁野犬”，继位后将酿天下大乱之祸。而这种混乱局面却正是福斯塔夫所希望看到的。一听到他所爱戴的哈尔已经继位称王，福斯塔夫马上宣布：“现在英国的法律由我支配……大法官该倒大霉了！”但是，令福斯塔夫大吃一惊的是，哈尔一上台，立即认福斯塔夫的宿敌大法官为义父。在《亨利四世》上篇中，亨利王子由一个流连酒馆的花花公子幡然回头成为马背上的勇士，震愕了叛敌，而到了下篇，他又会证明自己已然文武兼修、能文能武。

上篇一开始，王子自暴心机的独白以此句开头：“我深知众卿所作所为。”下篇进行到后面，新加冕的国王弃逐福斯塔夫之时，以此语开头：“我不认得你，老人家。”前后语言的回响应和，传达出确凿无疑的含义：他不再是哈尔，他要兑现他的诺言，即当时机到来之际，他要同年少轻狂时的伙伴及带他走上歪路的不良之徒一刀两断。正如其独白所预示的，哈利成功地破除了世人的成见。他幡然转变的光芒掩盖了他的过失。而福斯塔夫及其朋党则一下子成了王子所玩的魔术中的道具，俨然是为打动观众精心设计、呈现人物命运转变过程的戏剧化一幕。

于是，截然相反的解读便成为可能。一种说法认为，历史的政治进程同种种人性的善德，如友谊、忠诚、好脾气、友善、娴于辞令、自嘲、忠心、爱心等，极端不相容。人性让位于《约翰王》（*King John*）中的私生子所称作“利益”的东西。另一种观点认为，福斯塔夫体现了人欲的诱惑，很典型地在七宗重罪中至少占了三宗——贪吃、好色和懒惰。他是传统道德戏中的“丑角”，而哈尔对他的疏远顺理成章地成为他踏上政治和道德的赎罪之途的决定性一步。如此，哈尔一身兼具的两个角色都可以扮演得令人信服：他既是一个在人生旅程上日臻成熟的年轻人，期间尚能时而偏离人生正途的狭道，又是莎士比亚笔下不择手段的权谋家之一，精力充沛，智力过人，善于表演，同时又极为羞怯，感情内敛。

现在无法获知莎士比亚是一开始就意图将《亨利四世》分为上、下两篇，还是在写作或排演上篇的过程中发现一出剧中难以容纳两个高潮：王子在战场击败霍茨波、证明自己是一个骁勇的武士，这是第一个高潮；王子之后立即疏远福斯塔夫及其他流氓盗匪形成了第二高潮。于是，弃逐福斯塔夫的情节到下篇才上演，但该情节在上篇的戏中戏里已有预示，即酒馆里预演的王子重获父王宠爱的那场戏。

这是一场出色的即兴戏，演得很精彩，表演者轮换角色，模仿不同的语言风格。例如，当福斯塔夫演亨利王时，他惟妙惟肖地模仿剧作家约翰·黎里（John Lyly）[1]矫揉造作的宫廷散文风格：“虽然春黄菊越遭践踏越易滋长，韶华光阴却虚抛不再来。”注重细节是莎士比亚的一大特点：当福斯塔夫扮演国王时，他呼王子为“哈利”而非昵称“哈尔”。虽然模拟表演的语言微妙复杂，舞台却简简单单：“这把椅子就算我的王座，这把短剑就是我的权杖，这个垫子就是我的王冠。”这种超戏剧效果提醒观众他们身在剧院，同时暗示：权力本身就是一种戏剧形式。没有什么内在的理由支持金王冠就代表神圣高贵，而不值钱的垫子就意味着乌合

1 约翰·黎里（John Lyly，1554？—1606）：英国伊丽莎白一世时期剧作家和散文作家，其文风对英语有持久影响。——译者附注

之众；无论在剧场还是在宫廷，王座可以代表“国家之首”，但那也不过是一把椅子而已。

一把椅子就是一把椅子，正如盖兹希尔所言，“天下的人都有一个共同的名字：‘人’。”福斯塔夫可能是“德高望重的罪恶的化身、满头白发的罪孽魁首、老无赖、年深月久的虚荣之最”，但他也是人类共同弱点的集中体现：“如果喝几杯加糖的萨克酒就算过失，愿上天拯救失足者！如果人老了寻点开心也算罪过，那我认识的许多老者都要下地狱！”罢黜胖杰克无异于罢黜“整个世界”。扮演父王的哈尔说：“我要，我一定要罢黜他，”预示他一旦为王就会这么做。正如莎士比亚常做的那样，其艺术魅力最集中的表现形式，就是不下定论。不管有心或无心，究竟哈尔是否“货真价实”？他是否可能成为真正的朋友和真正的王子？在这场即兴戏结束时，他更有朋友之义而非王子之尊，为了保护福斯塔夫，他不惜对权威人物郡长说谎。真的如某些编辑所校勘的，他“根本就疯了”，同他一时的“荒唐”形成本质上的反差？福斯塔夫说，“一位当朝的真王子为寻开心可暂做一个假贼。”这场以“寻开心”为目的的戏中戏，是乱世之中的一段插曲，还是自我在熔炉里的重新塑造？

有关亨利五世年轻时期的桀骜不驯、放浪不羁，历史上几乎没有证据。在编年史和无名氏剧本《亨利五世之辉煌战绩》（*The Famous Victories of Henry the Fifth*）中有关于他是“一个浪子”的附会，以突显他称王之后所经历的变化：厉行法治，使其父治下分裂的国家归于统一，天下大治。弃逐福斯塔夫之流的重要性在于表明哈利在加冕之际就象征性地成为了新人。“改进”这一概念和荡涤过去的罪孽显然具有强烈的宗教内涵。每次王子回到宫中，他的话语都充满了“堕落”、“宽恕”之类的字眼。当他打了胜仗，其父对他说：“你已恢复你失去的名誉。”

哈尔王子的人生节奏与天命历史的运行同律而动，导致了他的“改进”并担当重要角色，这样的角色使他赢得了伊丽莎白女王的青睐：他统一了国家，战胜了敌国，成为一个伟大、独立的国家的英明领袖。福斯塔夫的人生节奏则随身体和四季的变化而移易。在下篇中，他到英格兰的腹地旅行，来到乡村法官夏禄在格洛斯特郡的果园。在夏禄的款款闲谈中，乡村世界的一切都熠熠生辉，给他留下难忘的记忆。虽然夏禄所谈无非是区区琐事，却出奇地深刻，唤起了观众对古老、安定的英格兰的回忆，比钩心斗角、革新与复辟此起彼伏的宫廷世界好得多。与此前的任何一部历史剧相比，《亨利四世》引入了更多的普通老百姓的日常生活细节。上篇的挑夫一幕再现了普通劳作日的缩影和人们的日常话语（“自从马夫罗宾死后，这家店就搞得翻天覆地的，全乱套啦。”），而在下篇中，格洛斯特郡一节的描写也细腻入微。夏禄的亲戚赛伦斯从林肯郡来此地小住，一起聊天（“两头上等小公牛在斯坦福德集市卖多少钱？……你镇上的德勃尔老哥还在吗？”），一起回忆往事，福斯塔夫也搭腔了（“我们听见过半夜钟声哩，夏禄先生”）。在此，剧情的节奏放缓了，以示对老者的敬意，即使我们笑话他们。

从夏禄那里我们得知，福斯塔夫的职业生涯是以给诺福克公爵托马斯·毛勃雷当听差开始的。这似乎是莎士比亚式的想象，并无依据：历史上的约翰·福斯塔夫爵士——他在《亨利四世》上篇中逃离了战场——并无此经历，历史上的约翰·奥尔德卡斯尔爵士——剧中人物福斯塔夫开初就是对他的不敬写照——也无此经历。为什么莎士比亚给剧中的福斯塔夫安排了早期做毛勃雷听差的经历？在一定程度上，这将他同以亨利四世及其子为代表的兰开斯特王朝的反对派拉扯上了。在理查二世初年，亨利四世还叫波林勃洛克，那时毛勃雷已经是他的对头。有其父，必有其子：正如波林勃洛克谴责毛勃雷背叛并将他驱逐出境，哈尔也要将福斯塔夫从身边赶走。毛勃雷离开时深情告别故土和母语，意在说明对英国土地和语言之爱远胜于改朝换代之异。在自私自利的波林勃洛克嘴里，我们根本听不到如此的爱国动情之声。他也没有作出任何努力，去恢复他的父亲、冈特的约翰（他的名字和他的英格兰也被夏禄牢记）临终遗言中所理想化的古老英国。

在莎士比亚自己的时代，那些因意识形态的异见而被放逐但依然声称忠于英国的人多为天主教徒。这揭示了将福斯塔夫同诺福克公爵相关联之典故的另一层意义。对于伊丽莎白时代的观众，诺福克之名——英国当时唯一遗存的公国——和公开或隐蔽的天主教同情者是同义语。在亨利八世同罗马决裂而正式发起官方改教之后的很长时间里，古老的天主教传统在英国一直挥之不去。天主教的宗教仪式同农业历法以及人的生物周期之间的整体关系不可能一夜之间被打破。于是，福斯塔夫深入英国腹地的旅行也意味着一次对莎士比亚的父辈和母亲的祖父辈的古老宗教的探求之行。在具体塑造他从旧剧《亨利五世之辉煌战绩》承袭的王子的损友这一人物框架的过程中，莎士比亚不仅保留还大量使用了他自己的父亲的名字"约翰"，这是否是巧合，确实让人浮想联翩。具有讽刺意味的是，福斯塔夫的原名"奥尔德卡斯尔"必须更改，因为这一人物被看成是对原始新教罗拉德派的一个同名殉教者的侮辱："奥尔德卡斯尔早就以身殉教了，"下篇的收场白说，"我们的戏演的不是此人。"

确实，此人已非彼人，因为福斯塔夫正体现了在宗教改革的名义下被压制的天主教的那些历史悠久的生活节奏。奥尔德卡斯尔的遗影闪现于全剧："福斯塔夫正走得汗尽欲亡"暗示殉教者被烧死在火堆上，而"如果坐在囚车上我不比任何人都显得更加潇洒的话"则可能既指一个罪犯被押上绞刑架，也指一个宗教异见者上路去受火刑。新教徒，尤其是其极端派别清教徒，传统的形象偏于清瘦，而肥胖的僧人则是天主教腐败的象征。莎士比亚将约翰爵士写成肥胖者，并且不用奥尔德卡斯尔称呼他，是要将天主教的幽灵与新教派的殉教并置而形成强烈反差。福斯塔夫是马伏里奥（Malvolio）的对立面：他代表的是蛋糕和啤酒、节日和庆典，是一切遭清教徒诅咒的东西。在《亨利五世》的开头，坎特伯雷大主教证实，弃逐福斯塔夫使哈利王子的改进臻于完善："洗心革面如此之迅猛彻底，/以大浪淘沙之势荡涤锢蔽。"如果说剧中有原始新教徒或萌芽中的清教徒，他就是亨利五世，他刚刚洗刷了他的过去，驱走了旧友，将老英格兰封进了历史。

即使福斯塔夫利用哈尔作为自己的晋身之阶，比起冷漠而工于心计的亨利四世，他一直是更像父亲的那一个。通过同浪荡的王子摹演他即将觐见父王的情景时福斯塔夫的满腔热情与实际觐见中父王的冷漠之间的鲜明对比，这一点呈现得清清楚楚。下篇结尾处的繁复与疼痛导源于即将回家继承政治遗产的浪子哈尔撕碎了老英格兰的内核。据霍林谢德[1]的《编年史》（*Chronicles*），亨利五世对友情无不报偿，但莎士比亚笔下的历史却并非如此。"夏禄先生，我欠你一千镑，"在福斯塔夫被他的"乖孩子"公开斥责之后，他立即这样说，以便改变话题，正如人们在遭遇背叛或迷惑不解之时常有的反应。此际，凡细心看过上、下两篇的观众可能记得哈尔和福斯塔夫之间早前的一段对话。当哈尔问："老家伙，我欠你一千英镑吗？"福斯塔夫回答："一千英镑，哈尔？一百万。你的爱值一百万，你欠我的是你的爱。"

在下篇的收场白中，莎士比亚承诺："我们的谦卑的作者将把戏文继续演绎下去，让约翰爵士继续粉墨登场，还有艳色惊人的法国公主凯瑟琳，令你们如痴如醉。"凡观看过《亨利五世》的观众都可据此承诺要求退还票钱，因为我们在阿金库尔这场戏中根本没有看见约翰·福斯塔夫爵士的影子。他的出现会对"革新"的国王提出太多的难堪问题。我们仅听到他死亡的消息，极具喜剧性，同时也极令人伤感。国王使他的心碎了。

1　指拉斐尔·霍林谢德（Raphael Holinshed，？—约 1580），英国编年史学家。——译者附注

参考资料：《亨利四世》下篇

剧情： 诺森伯兰伯爵因其子霍茨波之死而悲痛欲绝，决定支持约克大主教带头发动第二次叛乱。当内战威胁日益逼近，举国危殆之际，国王亨利四世病体难安，且忧心亨利王子（又称哈利，福斯塔夫叫他哈尔）故态复萌，伙同福斯塔夫和一帮不肖之徒在依斯特溪泊酒店荒诞度日，为非作歹。福斯塔夫被遣去征兵，借此机会同在格洛斯特郡的老相识打得火热。此次王师由哈尔的弟弟、兰开斯特的约翰亲王率领，一举扫平了叛军。亨利四世临终之际与其子和解，浪子已然回头，逐渐疏远以前的友伴。于是一个面貌一新、成熟有为的哈尔继位为亨利五世。

主要角色：（列有台词行数百分比/台词段数/上场次数）福斯塔夫（20%/184/8），亨利王子（9%/60/5），亨利四世（9%/34/4），夏禄（6%/77/4），大法官（5%/56/4），老板娘奎克莉（5%/49/3），大主教斯克鲁普（5%/25/3），兰开斯特的约翰亲王（3%/26/5），威斯特摩兰（3%/21/4），巴道夫勋爵（3%/18/2），诺森伯兰（3%/17/2），毕斯托尔（2%/31/3），桃儿·贴席（2%/31/2），巴道夫（2%/30/6），波因斯（2%/28/2），沃里克（2%/26/4），毛勃雷（2%/18/3），海司丁斯[1]（2%/17/3），毛顿（2%/6/1）。

语体风格： 诗体约占 50%，散体约占 50%。

创作年代： 约 1597—1598 年。肯定写于《亨利四世》上篇（1596—1597）之后、《亨利五世》（1599 年初）之前。登记出版日期为 1600 年 8 月。

1 海司丁斯（Hastings），亦译黑斯廷斯。——译者附注

“奥尔德卡斯尔”的名字改为“福斯塔夫”的痕迹暗示在考勃汉勋爵对原人名持异议而导致《亨利四世》上篇改换人名之前，下篇可能已经开始创作草稿，但很可能并未上演。而收场白有两个不同版本（见下文“文本”段说明文字）表明存在不同的舞台演出编排。

取材来源：该剧以霍林谢德的《编年史》1587年版本中所述亨利四世朝代之事为据，同时参考了塞缪尔·丹尼尔（Samuel Daniel）的叙事诗《内战》前四卷（*The First Four Books of the Civil Wars*，1595）。史料同喜剧糅合，以亨利王子桀骜不驯的青年时期为背景，这种手法借鉴了皇后剧团的一出无名氏戏剧《亨利五世之辉煌战绩》（于16世纪80年代晚期上演），剧中人物即包括福斯塔夫及其一伙人的原型，其中再现了劳动大众如何被强征入伍，王子如何打大法官的耳光而在史上留下精彩的一笔。

文本：1600年四开本有两个不同的版本，其中之一缺第三幕第一场（表现重病的国王夜不能寐）。对此学者意见不一，有人认为这一场为莎士比亚后来所加，另一些人认为，因其政治内涵敏感，涉及理查二世被废黜之事，这一幕是后来被删除的。通常认为四开本是依据莎士比亚的手稿印制。1623年对开本中，有八段之多未见于四开本之中，其中有些涉及大主教的叛乱或理查二世被废。这八段更有可能为四开本所删（或因审查，或因缩减篇幅所需），而非对开本所加。对开本中显见根据一些舞台演出脚本加以调整的痕迹，这也许发生在1606年《限制演员粗鄙语言法》（*Act to restrain the Abuses of Players*）实施之后一段时间（亵渎之语大为减少）。文本历史之所以如此复杂，最可能的解释是，对开本的排印是依据一个精心制作的稿本，此稿本以1606年后的一个台词本为据，也许还对照四开本的第一版校勘过。另一难点是，收场白部分在四开本和对开本中排印各异，似乎把两篇不同的说白合在一起，也许一个为公开演出而写，一个为在宫廷伊丽莎白女王御前演出所作。多数版本皆以四开本为主，并插入只见于对开本的段落，而我们认为对开本为自成一体的文本，因而本版本以对开本为主，参照四开本校正显而易见的排印错误。

乔纳森·贝特（Jonathan Bate）

亨利四世（下）

谣言化身，开场白致辞者

亨利四世

亨利王子，后即位为亨利五世，亦称哈尔或哈利·蒙茅斯

兰开斯特的**约翰亲王**，王子之弟

汉弗莱，**格洛斯特**公爵，王子之弟

托马斯，**克拉伦斯**公爵，王子之弟

反王党：

- **诺森伯**兰伯爵
- 斯克鲁普，**约克大主教**
- **毛勃雷**
- **海司丁斯**勋爵
- **巴道夫**勋爵
- 约翰·**科尔维尔**爵士
- **特拉佛斯**
- **毛顿**

诺森伯兰夫人，诺森伯兰之妻

潘西夫人，诺森伯兰之媳，亨利·潘西（即霍茨波）之遗孀

护王党：

- 诺森伯兰的**仆人**
- **沃里克**伯爵
- **萨里**伯爵
- **威斯特摩**兰伯爵
- **哈科特**
- 约翰·**勃伦特**爵士
- **高厄**

大法官及其**仆人**

约翰·**福斯塔夫**爵士

巴道夫

毕斯托尔

爱德华或奈德·**波因斯**　　枉法不肖之徒

皮多

约翰爵士的**童仆**

老板娘奎克莉，酒店老板娘

桃儿·贴席

弗朗西斯，酒店伙计

威廉，酒店伙计

酒店伙计乙

夏禄，乡村法官

赛伦斯，夏禄之亲戚，另一乡村法官

台维，夏禄的仆人

拉尔夫·霉气

西蒙·影子

托马斯·疣子　　乡村兵士

弗朗西斯·衰仔

彼得·小公牛

“爪牙”，公差

“罗网”，“爪牙”之随从或助手

国王之侍童、信差、仆人、乐师、杂役、执事、兵士及侍从

收场白致辞者

开场诗[1]

谣言化身上[2]

谣言化身 张开你们的耳朵细听，
谁掩耳不听谣言喊叫？
我从东方至日落之西，
御风如马，一幕幕，
揭示地球上演之戏。
我鼓舌诽谤不断，
谬论传于种种语言，
谎言塞满世人之耳。
我高谈和平安宁，
却以安然笑容包藏
欺世害人之祸心。
常年忧患被视为
子虚乌有的战祸，
除了我谣言鼓动
人们兴兵备战设防，
还有谁能煽起战云？
谣言是一支笛，
凭臆测和猜忌吹响，
简单容易无需技巧，
即使鲁钝的多头妖怪和
总是不睦而摇摆不定的大众，

1 《亨利四世》下篇紧接上篇之什鲁斯伯里之战之后。

2 谣言（Rumour）：寓言人物，全身常绘以长舌。

也能随意鼓吹混淆视听。
可我有必要在列位面前，
解剖尽人皆知的自己吗？
我谣言为何来此？因为，
哈利王已在什鲁斯伯里
血战一场，击败霍茨波，
平息叛乱，血染敌营：
可我为何开始就说实话？
我要赶在王师传捷之前，
鼓噪谣言：哈利·蒙茅斯，
已在霍茨波的凶剑下丧生，
道将军[1]已怒取圣王之首级。
我从什鲁斯伯里王师战场，
一路传谣至这破败石头城堡[2]，
霍茨波之父、老诺森伯兰，
称病在此。信使匆匆来去，
带来的消息全出自我之口。
从谣言之舌得到假话慰藉，
比痛苦的真相更令人痛苦。

1 道将军即道格拉斯将军。——译者附注
2 此句中的城堡是沃克沃斯城堡（Warkworth Castle），诺森伯兰伯爵之府邸。

第一幕

第一场　/　第一景

沃克沃斯城堡（诺森伯兰伯爵之府邸）

巴道夫勋爵、门房分头上

巴道夫勋爵　谁是这儿看门的，喂？
伯爵在哪里？

门房　我怎么通报您的姓名？

巴道夫勋爵　你去通报伯爵：
巴道夫勋爵求见。

门房　爵爷在花园散步，
请大人敲园门，
老爷自会开门。

诺森伯兰上

巴道夫勋爵　伯爵来了。　　门房下

诺森伯兰　有何消息，巴道夫勋爵？
现在分分秒秒孕育事变；
时局动乱，争斗惊险，
如烈马壮驹脱缰狂奔，
冲决一切，其势难挡。

巴道夫勋爵　尊贵的伯爵，我从什鲁斯伯里
带来确切的消息。

诺森伯兰　上天保佑是好消息！

巴道夫勋爵　大好消息，心之所愿：

国王重伤，濒临死亡，
令郎斩了哈利王子，
道将军诛俩勃伦特[1]，
约翰亲王、威斯特摩兰、
斯塔福德[2]皆望风而逃。
哈利的肉墩约翰爵士，
被令郎生擒活捉。
啊，伟哉壮哉，此日此战！
胜利辉煌，光耀时代！
凯撒之后，闻所未闻。

诺森伯兰　这消息从何而来？你看见过战场？
你从什鲁斯伯里来吗？

巴道夫勋爵　伯爵，我同那里来的一个人交谈，
他是一位有教养有名望的绅士，
言之凿凿告诉我这些真实消息。

诺森伯兰　我的仆人特拉佛斯来啦，
我礼拜二遣他去探消息。

特拉佛斯上

巴道夫勋爵　伯爵，我的马比他的跑得快，
除了从我嘴里听到的情形，
他没有探得什么可靠消息。

诺森伯兰　嘿，特拉佛斯，你带来什么佳音？

1　此外提到的两个勃伦特其中之一华特·勃伦特爵士（Sir Walter Blunt）在《亨利四世》上篇第五幕第一场中已被道格拉斯杀死；另一个勃伦特仅在该剧的一个取材来源中提到。

2　斯塔福德（Stafford）：即斯塔福德伯爵，在《亨利四世》上篇第五幕第一场中已战死。

特拉佛斯 老爷，我路遇约翰·恩弗莱维尔爵士[1]，
听到他的可喜之言，
我拨马便回转，
他的良驹超我先行。
接着疾驰而来的，
是另一绅士，赶路疲惫不堪，
驻足让满身血迹的马喘息，
问我去切斯特[2]的路，我问他
什鲁斯伯里的军情：他告诉我，
叛军败绩，血性的哈利·潘西，
已血冷气绝而亡。
说完他策马而去，
马刺狠踢马腹，
奋蹄夺路狂奔，
不容我问他详情，顷刻消失。

诺森伯兰 什么？再说一遍：
他说哈利·潘西的血已冷？
急性的霍茨波再也不急性？
叛军已遭重挫，溃不成军？

巴道夫勋爵 伯爵，请听我说：
若令郎今日未胜，
荣誉为誓我愿以封地
换一草芥。勿理浮言。

1 约翰·恩弗莱维尔爵士（Sir John Umfrevile）：此人要么是更早版本中的巴道夫勋爵这个人物，要么是告诉巴道夫好消息的那个人。
2 切斯特（Chester）：英格兰西北部一城镇。

诺森伯兰 为何特拉佛斯所遇的那人，
要说那些我军已败的话？

巴道夫勋爵 谁，他？肯定是无名小卒，
偷了人家的马而逃窜，
我以生命发誓：他胡说无据。
看哪，又来消息了。

毛顿[1]上

诺森伯兰 呵，此人的额头像书的标题页，
预告着卷中演绎的悲剧：
如汹涌的海潮肆虐之后，
岸边留一片历历的狼藉。——
说呀，毛顿，你从什鲁斯伯里来吗？

毛顿 回爵爷，我从什鲁斯伯里匆匆而回，
可恨的死神戴上最恐怖的面具，
正对我军张牙舞爪，杀气腾腾。

诺森伯兰 我的儿子和兄弟怎么啦？
你在发抖，你脸色惨白，
比你的舌头更适合表白。
一个弱汉，如此衰萎，
一脸死相，忧摧肠断，
如深夜掀开普里阿摩[2]的帷帐，
欲报特洛伊半城已焚毁，
未开口普里阿摩已见火光，
你未言我已知潘西已亡。

1 毛顿（Morton）：诺森伯兰的另一个仆人，其名字象征死亡（Morton 与 mortal 近音）。
2 普里阿摩（Priam）：特洛伊国王，在希腊人攻打特洛伊的战争中城陷被杀。

你会说“令郎和弟如何，
道格拉斯战得何等神勇”，
壮烈战迹充盈我之双耳，
最后你一声长叹震耳聋：
“弟与子及全军覆亡。”
赞誉飘逝，生死两茫茫。

毛顿 道格拉斯活着，
令弟健在，可令郎——

诺森伯兰 唉，他死了。
看，猜疑之舌多灵巧！
谁一担心不祥之事，
凭本能从别人的目光，
他就知道不测已发生。但是，毛顿——
告诉伯爵直觉说谎。
我愿接受这善意之斥，
并重赏你指拨我之错。

毛顿 你太高贵，岂容我抵牾，
你料事如神，所虑俱实。

诺森伯兰 尽管如此，切勿说潘西已死。
我在你的眼里，
看见异样的自白：
你摇头惧说真相，以此为罪。
如他已被杀，照实说吧，
报告他的死讯者无罪。
诽谤死者才是罪过。
说逝者已绝人寰并无不妥。
而首传噩耗者无功可言，

其舌头被视若丧钟哀挽，
人们长记它报友之丧音。

巴道夫勋爵 伯爵，简直难以置信令郎已逝。

毛顿 我很抱歉，
我强迫你们相信，
我所不愿目睹之境况。
但我亲见他血染征袍，
欲战无力，气息奄奄，
亨利·蒙茅斯迅猛一击，
无畏的潘西轰然倒地，
英魂归土，从此不起。
他的精神曾激起营中
最萎靡的村夫的斗志，
他的死讯立刻摧毁了
军中最昂扬的士气，
他的魄力，众之所依；
一旦消逝，各自东西，
重拙如铅，盲无首级。
物重自倾，其速愈疾，
将士失霍茨波之哀重，
逃命离战场快脚如飞，
纵离弦之箭也难追随。
接着伍斯特做阶下囚。
而那狂暴的苏格兰人、
凶将道格拉斯勇力渐失，
转身而随众惊惶逃窜，
不慎失足，被擒为俘。

而此前他奋剑砍杀了
国王的三个乔装替身。
总之，国王已获大胜，
并遣年轻的兰开斯特
和威斯特摩兰率军疾出，
兼程向你扑来，伯爵。
这就是战事全部详情。

诺森伯兰 我将有充分的时间为此而悲。
毒药也是药，正如这些噩耗，
当我健康时，会使我生病，
当我生病时，却聊以疗疾。
如人害热病，肢体衰如朽门，
苟延残喘，不能忍受高烧时，
他会发力而挣脱看护的手臂，
我的肢体因哀伤而无力，
此时因哀伤而发愤振臂，
平添了三倍的鼎力。去吧，
你这纤弱的拐杖！（扔下拐杖）我的手
现在须配钢铠铁甲的护套。
去吧，你这病态的睡帽！（扔下睡帽）
你单薄而难护我的头颅，
以避挟胜之威的王子之击。
钢铁裹我的头，来吧，
险恶之世，极危之时，
向震怒的诺森伯兰狰狞吧！
让苍天倾覆于大地！
让洪水滔滔，秩序消亡！

让世间不再是争斗的舞台，
勿让争斗之戏连续上演，
而让人人成为该隐[1]，
人心险恶，人间凶戏可早收场，
让黑暗来埋葬死亡！

巴道夫勋爵 好伯爵啊，不要让智慧与你的荣誉疏离。

毛顿 你所有的亲密友伴的生命，
系于你的健康，你若暴怒
而失之，他们必将性命不保。
在你说“兴兵起事”之前，
伯爵你估量过此战的后果，
更权衡过一切可能的意外。
你料到令郎可能刀下丧生。
你知道他履险于锋刃之上，
成败之数在天，
失足易侥幸难：
你明白，他可能伤痕累累，
他会勇往直前，赴汤蹈火。
然而你依然高呼“前进”，
明知这一切，未能阻止
你兴兵开衅的豪壮决心。
此次冒险之举所致后果，
难道不全在你预料之中？

巴道夫勋爵 我们全体承受此战之败，

1　该隐（Cain）：《圣经》中记载的亚当（Adam）和夏娃（Eve）的儿子，他杀死了胞弟亚伯（Abel），成为世上第一个杀人凶手。

原本知道险途凶多吉少，
只有十分之一生还希望。
然而我们依然铤而走险，
因利益在望，生死皆忘。
既已失利，谋图重来，
拼身家性命，东山再起。

毛顿 事不宜迟。最尊贵的爵爷，
我确实听到并实言相告：
出身高贵的约克大主教，
率精锐之师，准备一战。
他对手下有双重约束力[1]。
令郎的士兵有形而无魂，
空皮囊，背叛逆恶名，
打仗时灵魂与肉体分离，
畏首畏尾，勉强上阵，
如服药之人受制于药力，
拿起武器摆摆门面而已。
而叛逆之名桎梏其神魂，
如鱼群被囚冻在池塘里。
现在主教化作乱为宗教，
众人尊奉其虔诚而神圣，
拥戴为首，身心相随；
他从庞弗里特的石头上，

1 双重约束力（double surety）：指他有精神的和世俗的双重权威。

刮先王理查的血迹为凭，[1]
以示其起兵造反之正当，
顺天意师出有名告天下：
波林勃洛克的暴政之下，
国土喋血，气息奄奄：
于是人无贵贱竞相投奔。

诺森伯兰 这我以前知道。但说实话，
眼下的悲哀令我已忘怀。
跟我进来吧，共商良策
以保安全，雪前耻，
快传信使修文书致友人。
从未如此孤单、急盼相援。 众人下

第二场 / 第二景

伦敦，地点不详，可能在一街道上

福斯塔夫及童仆上

福斯塔夫 小子，你这大汉[2]，医生说我的尿怎么啦？

童仆 他说，爵爷，这尿本身是健康的好尿，但撒尿的这个人得的病可能比他自己知道的多。

1 理查二世（Richard II）被谋害于庞弗里特城堡（Pomfret Castle），王位被其堂弟波林勃洛克（Bullingbrook）即亨利四世篡夺。

2 大汉（giant）：含有讽刺意味，因为福斯塔夫的童仆是一男孩。

福斯塔夫 各色人等都以取笑我而得意。人啊，这个泥土捏的蠢货，脑袋里也造不出什么好笑料，无非是我造的或者是造我的。我不仅自己聪明，而且别人因我而聪明。我走在你面前，像一头大母猪，把她的一窝猪崽全压死了，只剩下一只。如果王子派你来伺候我的主要用意不是用你来衬托我的话，那我这个人就毫无判断力了。你他妈的像棵人形草，更适合插在我的帽子上，而不是跟在我脚后跟跑。迄今为止，还没有袖珍跟班伺候过我，但我不会给你穿金戴银，而叫你穿一身烂衣服，把你像珠宝似的还给你的主人，那个下巴无毛的王子。我的手掌上长胡子比他的脸上长胡子还快，而他坚称自己一脸君王相。老天爷愿意的话可能会把这张脸完善完善，然而至今还一毛未出。他可以保持这副君王相，理发匠从这张脸上赚不到六便士；可是他却扬扬得意，好像他的父亲还是单身汉的时候他就是男子汉了。他可以自我欣赏，但我几乎不欣赏他了，我可以明确告诉他。我做短外套和马裤要用缎子，唐勃尔顿师傅怎么说？

童仆 他说，爵爷，你应该给他找一个比巴道夫[1]更可靠的担保人。他不愿接受巴道夫的和你的借据。他不喜欢这样的担保。

福斯塔夫 让这个贪婪鬼下地狱吧！让他渴死！这个婊子养的小人！一个唯唯诺诺的坏蛋，居然耍弄一个绅士，还要什么担保！这些婊子养的留短发的家伙[2]现在都穿高底靴了，

1 这个巴道夫是福斯塔夫的朋友，与叛军中的那个巴道夫同名。

2 留短发的家伙（smooth-pates）：这是清教徒生意人的典型形象。

腰间挂一大串钥匙[1]。如果你要同他做一笔诚实的生意，他非得要担保不可。我宁愿他们往我嘴里塞毒鼠药，也不想提供担保。作为一个真正的骑士，我等他送二十二码缎子来，他却送来担保两个字。好吧，他可以躺在担保里睡大觉，但他的钱再多，也担保不了他的老婆不会红杏出墙，自己提着灯照不亮自己哩。巴道夫在哪里？

童仆 他到史密斯菲尔德[2]给大人买马去了。

福斯塔夫 我从圣保罗教堂把他买来[3]，他又到史密斯菲尔德市场去给我买马。如果我到窑子里去买个老婆，那我的人马就全配齐了：跟班、马匹和老婆。

大法官及仆人上

童仆 大人，那个贵族来了：就是他把王子关起来的，因为王子袒护巴道夫而打了他。[4]

福斯塔夫 躲起来，我不想见他。（力图溜走）

大法官 那边走的那个人是谁？

仆人 回大人，是福斯塔夫。

大法官 就是涉嫌抢劫的那个人？

仆人 就是他，大人。可是后来他在什鲁斯伯里战役中立了功，我还听说他要率一支人马与兰开斯特的约翰勋爵会合。

大法官 什么，去约克？叫他回来。

仆人 约翰·福斯塔夫爵士！

福斯塔夫 孩子，告诉他我是聋子。

1 挂一大串钥匙（bunches of keys at their girdles）：形容这些生意人招摇自负的样子。

2 史密斯菲尔德（Smithfield）：伦敦城内一区域，有一牲口市场，名声不好。

3 圣保罗教堂（St. Paul’s Cathedral）的大厅也用作仆人找新东家之处。

4 据传，王子因打大法官而被逐出枢密院，此事在《亨利四世》上篇第三幕第二场曾提及。

童仆 你必须大声说话，我的主人是聋子。

大法官 我肯定他是，听不见任何好话。去，拉他的手，我必须同他说话。

仆人 约翰爵士！

福斯塔夫 嚷什么？小流氓，做叫花子啦？不是在打仗吗？没有活干吗？国王不是缺老百姓吗？叛军不是缺兵吗？尽管造反不光彩，但比行乞好，虽然说不清楚什么东西比造反更不光彩。

仆人 你把人看错了，爵士。

福斯塔夫 嘿，先生，我说过你是好人吗？且不提我的骑士身份和军人资历，如果我说过这样的话，那我就撒了个弥天大谎。

仆人 爵士，请你暂不提你的骑士身份和军人资历，请允许我告诉你，如果你说我不是好人，你就撒了个弥天大谎。

福斯塔夫 我允许你对我这样说话吗？我把我的身份和资历撂在一边啦？要我允许你，先绞死我吧；你得到允许，最好绞死你自己。你找错了门，走开！快滚！

仆人 爵士，我的老爷要同你说话。

大法官 约翰·福斯塔夫爵士，有句话同你说。

福斯塔夫 我的好大人！愿大人贵体安康！看见大人出门走动，我很高兴。听说大人贵体欠安，希望大人遵医之嘱而动才好。大人老人家虽然老当益壮，毕竟岁月不饶人，已现些许迟暮。我万分恭敬地求告，大人务必以贵体康泰为重。

大法官 约翰爵士，在你出征什鲁斯伯里之前我差人请过你。

福斯塔夫 大人，我听说陛下从威尔士回来圣体欠安。

大法官 我现在不谈陛下的事：我上次差人请你来，你拒不来。

福斯塔夫 我还听说陛下得的病就是他妈的中风。

大法官 好啦，上帝保佑他无灾无病！请容我同你说句话吧。

福斯塔夫 这种中风症，依我看，就是一种嗜睡症，血液睡觉，还他妈的全身痛。

大法官 你给我说这些做甚？是什么病就是什么病得啦。

福斯塔夫 这种病的病因是忧伤加上用脑过度和太受刺激。我在加伦[1]的医书上读到过这种病的起因，而且引起耳聋。

大法官 我看你就得了这种病，因为你听不见我对你说的话。

福斯塔夫 说得好，大人，说得好。大人，我害的是一种不闻不问的病。

大法官 给你的脚戴上镣铐包管治好你耳不听话的病，我倒不介意给你当一次医生。

福斯塔夫 我贫穷如约伯[2]，但耐心不如他：因为我穷，大人你可以把我关起来，但我是否当大人的病人、按大人开的处方治病，却是聪明人要稍费思索的问题，的确要思索思索。

大法官 我叫你来谈谈，是因为有人控告你犯了按法律应处死的罪。

福斯塔夫 因为当时我的资深军队法律顾问建议我不要来。[3]

大法官 说句实话吧，约翰爵士，你的名誉已经大大地扫地啦。

福斯塔夫 像我这种腰身的人不可能不大大地这样那样的。

大法官 你的收入微薄，但花起钱来财大气粗。

福斯塔夫 我希望颠倒过来：收入财大气粗，而我的腰身不要这么粗。

大法官 你把年轻的王子引入歧途。

1 加伦（Galen）：公元二世纪的希腊名医。

2 约伯（Job）：《圣经》中所载人物，他失去了所有的财富，但以其惊人的耐心忍受厄运。

3 军队法律顾问（land-service）：指军人可不应诉民事控告。

福斯塔夫 是年轻的王子把我引入了歧途哩。我就是那个大胖子大肚子，他就是我的狗儿。[1]

大法官 算啦，我不愿触痛一个刚愈的伤疤：你白天在什鲁斯伯里所立的战功，勉强掩盖了你黑夜在盖兹山所干的勾当。你要感谢这个不平静的世道把你的罪行平平静静地遮掩了。

福斯塔夫 是吗，大人？

大法官 现在既然无事，就不要惹事：不要惊醒一只睡狼。

福斯塔夫 惊醒睡狼同嗅到狐狸[2]一样可怕。

大法官 说什么？你就像一支蜡烛，大部分都燃尽了。

福斯塔夫 我是夜宴上的巨烛，大人，全油脂做成：我说的是实话，我长的这一身油就是证明。

大法官 你头上的每一根白发都应该提醒你：为人要正经。

福斯塔夫 它提醒我：人生之乐，大吃大喝。

大法官 你成天跟在年轻的王子身后，就像他的邪神。

福斯塔夫 不是这样，大人，大人所谓的邪神个小体轻：可我希望看见我的人不用掂量就知道我的分量。然而我承认，在某些方面，我也力不从心，我也不知缘故。在三教九流的眼里，美德轻如鸿毛，真正的勇士只能去耍熊，智者却去开旅馆，在报账算账中浪费才智：当今之世，邪气嚣嚣，人的所有其他秉赋都被视若草芥。你们这些老朽无视我们这些年轻人的能耐。你们以嫉恨之心度量我们青春之血的热度。我得承认，我们站在青春前列的人也

1 这句话可能指一个笑话，说一个胖子被他的狗领着走路；也可能指一轮满月，民间认为里面住着一个男人和一只狗。

2 嗅到狐狸（smell a fox）：起疑心。

有点玩世不恭哩。

大法官 你的身上全是老年的印记，你还把你的名字登在青年之列吗？你的老眼难道没有昏花？你的手难道没有干瘦？脸色没有憔悴？胡须没有花白？腿没有无力？肚子没有肥大？声音没有嘶哑？气没有短？智没有衰？全身处处不都在老朽衰退吗？你还自诩为青年人？呸，呸，呸，约翰爵士！

福斯塔夫 大人，我生下来就是满头白发、大腹便便。至于我的声音嘎哑，那是高声嚷叫和唱圣诗所致。我不会再自证年轻。事实是，我只是在见识和才干方面老到成熟了，哪个敢同我赌一千马克比试跳舞，他把钱给我算了，我肯定赢他！至于王子打你那一耳光，固然显得他是一个粗鲁的王子，而你挨那一耳光也显得你是一个理智的大臣。为此，我已经把他申斥了一顿，这头幼狮也表示后悔，咳，他并不穿麻衣涂灰土[1]以示悔意，而是用穿新绸衫喝老萨克酒的方式致歉。

大法官 得啦，但愿上帝赐王子一个好一点的朋友！

福斯塔夫 但愿上帝赐这个朋友一个好一点的王子！我没有办法甩开他。

大法官 好啦，现在王上把你同哈利王子分开了。我听说你要同兰开斯特的约翰爵爷去讨伐大主教和诺森伯兰伯爵。

福斯塔夫 对，谢谢你的非凡智慧，出了这么个好主意。可是，你们一定要多多祈祷，求上天保佑你们安坐家中同享太平，保佑我们的军队不要在大热天同敌军交战，因为我只带了两件衬衣在身边，我不想大汗淋漓：假如是个大热天，

1　穿麻衣涂灰土是当时表示忏悔的方式。

假如我手里挥舞的不是酒瓶，但愿我不要再累得口吐白沫。哪里有恶战，就要我往哪里冲。嗨，我又不是铁打的。

大法官 好啦，光明磊落，正正派派，上帝保佑你旗开得胜！

福斯塔夫 大人你肯给我一千镑以壮行色吗？

大法官 没有没有，一个子儿也没有。你这个人心急火燎的，带不住财。祝你一路顺风，请向我的表兄威斯特摩兰转达问候。 大法官及仆人下

福斯塔夫 三个大汉一齐挥大铁锤来砸我，我也不会代他转达这个问候。一个人总是越老越贪，正如年轻人四肢发达必然好色一样：前者受痛风折磨，而后者为梅毒所苦，所以我就用不着一一骂他们了。——童儿！

童仆 老爷，什么事？

福斯塔夫 我的钱袋里还有多少钱？

童仆 七格罗特[1]二便士。

福斯塔夫 我的钱袋害了痨病，日渐消瘦，无药可医。向人借钱，只能苟延残喘，难于根治。（递信）去吧，把这封信送给兰开斯特爵爷，这封送给王子，这封送给威斯特摩兰伯爵，还有这一封送给欧苏拉老太太[2]，自从我的下巴上长出第一根白胡子以来，我每个礼拜都在信誓旦旦要娶她。快去办吧，你知道到什么地方找我。 童仆下

又是痛风，又是梅毒！轮番来折磨我的大脚趾。跛脚走路也没关系。有战争作为借口，我领那笔抚恤金的理由

1 格罗特（groat）：英国古币，合四便士。

2 欧苏拉老太太（old Mistress Ursula）：此人未在他处提及，可能为老板娘奎克莉（耐尔）之误，也可能是另一个与福斯塔夫有染的女人。

将更加充足。所谓智慧就是善于利用一切机会，我要以
我这一身的病痛谋取大利。　　　　　　　　　　　　下

第三场　/　第三景

可能在约克，大主教府邸中
约克大主教、海司丁斯、毛勃雷及巴道夫勋爵上

约克大主教　各位既已闻知此事及方略，
请高贵的朋友们直抒己见，
坦陈此举前景胜算几何。
司仪大人[1]，先听你的高见。

毛勃雷　我承认兴兵举事之正当，
但请大人明示解我之惑：
倾我方之力，抗衡王师，
胆大弥天而勇气实可嘉，
然何堪与御军劲旅争锋？

海司丁斯　我军目前募集精兵勇将，
已达二万五千之众，
而后续兵力大可仰仗
威武的诺森伯兰之助，

1　司仪大人（lord marshal）：指托马斯·毛勃雷，即诺福克公爵，被理查二世放逐的那个人的儿子。

他胸中怒火熊熊燃烧。

巴道夫勋爵 海司丁斯勋爵，问题是：
如无诺森伯兰增援，
二万五千兵力能否支撑？

海司丁斯 有他的后援，我们可能支撑。

巴道夫勋爵 嘿，这就是关键：
无他参与，我们势单力薄，
依我之见，他的援军未到，
我们不宜轻举妄动，
因为此事关系重大，
寄未定援助于悬揣和期望，
渺茫而不可为倚恃。

约克大主教 确实如此，巴道夫勋爵，
霍茨波为此兵败什鲁斯伯里。

巴道夫勋爵 正是如此，主教大人，
他用希望支撑自己，
以援助的虚言果腹，
头脑虚构一支大军，
以飘渺幻影、疯人的狂想，
置军队于死地绝境，
闭眼跳入毁灭深渊。

海司丁斯 但恕我直言，我们抱持
可能的希望于事无损吧。

巴道夫勋爵 如果战争的结局、
兴兵起事的前景，
完全寄托于希望，
而希望比起绝望，

更加渺茫而无望，
正如早春的时节，
蓓蕾朵朵缀枝头，
花果可期霜无情。
如欲建造一所房，
需先将土地丈量，
再绘图规划全盘，
测算费用为几何，
如耗资过于巨大，
超过财力难支持，
需减规模重设计，
或建房完全放弃。
我们的工程浩大——
几乎是改朝换代——
需审时度势而为，
基础牢而量力行，
是否足与敌抗衡。
如纸上和数字强，
兵将有名而无实，
如绘大厦饱眼福，
无力实施废半途，
愁云为之哭洒泪，
寒冬冷雨凌荒屋。

海司丁斯 即便可能美好的希望，
也许灰飞烟灭成虚妄，
现有兵力已无望再增，
我以为我军足以抗衡，

与王师争高下决雌雄。

巴道夫勋爵 什么，国王只有二万五千兵力？

海司丁斯 同我们交手的就这么多，也许更少，勋爵。
为应乱局他兵分三路：
一路同法国人打仗，
一路征讨葛兰道厄，
第三路必对付我们。
国王犹豫三面迎敌，
国库穷得丁零当啷。

约克大主教 无需担心他会集中兵力，
倾巢而出，
进攻我军。

海司丁斯 倾巢犯我，后防空虚，
法军和威尔士人，
趁虚而袭：此非他策。

巴道夫勋爵 谁有可能领军来此？

海司丁斯 兰开斯特公爵和威斯特摩兰，
他本人和蒙茅斯打威尔士。
谁率军打法国，
眼下尚无准信。

约克大主教 让我们坦然告白起兵之因。
滥爱的国人已恨自选之君：
以大众喜好而立王如屋无根本。
啊，群氓们，今日之
波林勃洛克当初登位，
你们欢呼震天表祝愿！
欲望已足，胃口过饱，

现在要呕出波林勃洛克。你这下贱的狗，
当初正是这样吐出理查王，又要吞其所吐，
不可得而大肆狂吠。
这世道有什么信义？
要理查死的那些人，
此刻迷恋他的坟墓。
当年他随众口赞美的
波林勃洛克之身后，
哀叹而过闹市伦敦，
是你们抓起地上的泥，
扔在他高贵的头顶，
你们现在却在高呼，
“大地啊，还我们
那个国王，收回这个吧！”
啊，人心可诅咒！
昨天和明天似乎最好，
而今天的一切最糟。

毛勃雷 我们要集合队伍立即出发吗？

海司丁斯 我们是时间的子民，时间发令，我们登程。 众人下

第二幕

第一场 / 第四景

伦敦，依斯特溪泊，一酒店附近

老板娘奎克莉与两公差“爪牙”及“罗网”上

老板娘奎克莉　“爪牙”大人，你递了诉状吗？

“爪牙”　已经递上去了。

老板娘奎克莉　你那助手哪去啦？他雄壮吗？他有这个能力吗？

“爪牙”　这小子——“罗网”呢？（朝周围望）

老板娘奎克莉　喂，喂，“罗网”大人！

“罗网”　在这儿，在这儿。（走上前）

“爪牙”　“罗网”，我们必须把约翰·福斯塔夫爵士抓起来。

老板娘奎克莉　对，“罗网”大人，我把他和他那一伙都告了。

“罗网”　有可能我们会丢几条命，他会拔剑伤人的。

老板娘奎克莉　哎呀我的天！你们得提防他，在我自己的旅店里他都捅过我，真是一头畜生。只要把家伙一抽出来，他什么坏事都干得出来。男人、女人、孩子，一个都不放过，操起家伙只管往死里戳。

“爪牙”　如果我同他厮打起来，我才不怕他戳。

老板娘奎克莉　不怕，我也不怕，我在旁边帮你。

“爪牙”　要是我一下把他揪得住，要是他冲过来，我把他抓——

老板娘奎克莉　他跑了，我就完了。他欠我的算也算不清，真的。“爪牙”大人，把他抓牢；“罗网”大人，别让他跑掉。他经常去——不好意思提起——派伊街角[1]买马鞍，今天绸缎铺的斯穆士大爷请他去朗伯德街[2]的豹头酒馆吃饭。既然我已把他告了，闹得满城风雨，求二位一定把他送上法庭。一百马克[3]对于一个孤单的穷女人是一大笔钱，难以承受，我忍了又忍，一忍再忍，他却一拖再拖，今天推明天，赖账不还，想起来简直是奇耻大辱。同他打交道无诚信可言，把女人不当人，当成驴子当成畜生，随便哪个混蛋都可以来欺负。

福斯塔夫及童仆与巴道夫上

他来了，还有那个恶名远扬的酒糟鼻子巴道夫。赶快公干，赶快公干，“爪牙”大人、“罗网”大人，为我，快干，快干，干啊。

福斯塔夫 怎么啦？大惊小怪干什么？出什么事啦？

“爪牙” 约翰爵士，奎克莉夫人把你告了，我要逮捕你。

福斯塔夫 滚开，混蛋！拔剑，巴道夫，把这个混蛋的脑袋给我砍下来。（二人拔剑）把这个婊子扔进水沟。

老板娘奎克莉 把我扔进水沟？我把你扔进水沟。你扔啊？你扔啊？你这个婊子养的无赖！杀人啦，杀人啦！啊，你这个杀人犯，你敢杀上帝的差使、国王的命官吗？啊，你这个杀人的恶棍，杀人不眨眼，男人杀，女人也杀。

福斯塔夫 巴道夫，把他们挡开。

“爪牙” 劫持犯人哪！劫持犯人哪！

1 派伊街角（Pie-corner）：伦敦史密斯菲尔德地区基尔斯珀街（Giltspur Street）与科克胡同（Cock Lane）之间的街角一带，以饭店和马具店知名，也以娼业称世。

2 朗伯德街（Lombard Street）：伦敦一街道，在市长府（Mansion House）与格雷思丘奇街（Gracechurch Street）之间。

3 一百马克相当于六十六英镑，在当时是一大笔钱。

老板娘奎克莉 好人呀，快帮忙拿一个“劫持”来啊！[1]——（对童仆）你敢吗？你敢吗？干啊，干啊，你这流氓！干啊，你这杀人犯！

童仆 （对“爪牙”）滚开，你这贱货，你这烂婆娘，你这臭娘们！我操你的后门！

大法官上

大法官 什么事？不要在这儿闹事！

老板娘奎克莉 大老爷，好老爷，求你为我主持公道。

大法官 怎么回事，约翰爵士？你在这儿吵什么？这符合你的身份、年纪和职位吗？你早该上路去约克了。离他远一点，你这家伙；你把他拉住干什么？

老板娘奎克莉 啊，最尊贵的大老爷，容我禀报：我是依斯特溪泊街的一个穷寡妇，我告了他，官差来抓他的。

大法官 他欠你多少钱？

老板娘奎克莉 不是多少钱的问题，老爷，是关乎我的一切的问题。他把我的全部家财吞了，装进了他那个肥肚皮里。我现在要他吐些出来，不然的话我的魂夜夜缠住你不放。

福斯塔夫 如果我有机会的话，我可能夜夜来缠住你。

大法官 怎么会有这等事，约翰爵士？咳，哪一个有德性男人会容忍这种呼天喊地的喧嚷？你把一个穷寡妇逼到这种不堪的地步，不觉得羞愧吗？

福斯塔夫 我到底欠你多少？

老板娘奎克莉 天哪，凭良心说话，你既欠我钱也欠我人。在圣灵降临节[2]的那个礼拜三，你坐在我的酒店的“海豚”包间里面，

1 劫持（rescue）：奎克莉不懂这个公差用语，以为“劫持”是某种武器或绑人的绳索。

2 圣灵降临节（Whitsun week）：在复活节后第七个星期。

在一个圆桌旁，靠着上等煤燃起的炉火，当时王子打伤了你的头，因为你说他像温莎教堂唱诗班的领唱，我正在给你清洗伤口，你指着一个镀金酒杯对我发誓，要娶我为妻，要我做你的夫人。这件事你能抵赖吗？当时屠夫吉西的老婆不是进来，叫我快嘴婆奎克莉，找我要点醋吗？她说她煮了一锅龙虾，你就说你想吃，我告诉你龙虾对新伤没好处。等她下楼去了，你难道没对我说你要我今后不再同她这些穷家小户来往，等不了两天这些人就要叫我太太了？难道你没有搂住我亲嘴，又叫我给你三十先令吗？现在我要你凭《圣经》发誓：有没有这些事？

福斯塔夫　大人，这个婆娘又穷又疯，她满城到处说她的大儿子长得像你。[1]她以往家境还不错，现在她穷疯了。至于这两个笨蛋差人，我请求你要他们向我赔礼道歉。

大法官　约翰爵士，约翰爵士，你颠倒是非的本事本人早有领教。不管你表面如何自信、如何口出不逊之言，都不能改变我的公正立场。我清楚你利用这个女人的柔顺的天性，占了她不少便宜。

老板娘奎克莉　是的，大人，就是这回事。

大法官　请你安静。——欠她的账还她的钱，得罪了她赔礼道歉：前者用真金白银偿还，后者用悔过弥补。

福斯塔夫　大人，你这样的斥责我难以隐忍。你把正当的直言叫作“不逊之言”，只会点头哈腰而什么都不说的人就德行高尚。不，大人——请你自尊自重——我不会求你关照。我对你说，我要你的这两个差人赶快把我放了，我是身

1　这句话的言下之意：“你是她的大儿子的父亲。”

负王命的人，不得在此耽误。

大法官 听你说话的口气好像你有违法的特权。可是为了你自称的名誉，你还是答应这个可怜女人的诉求吧。

福斯塔夫 到这边来，老板娘。（拉奎克莉至一旁）

军尉高厄上

大法官 哈，高厄先生，有何消息？

高厄 大人，国王和亨利王子
立即就到。其余消息有书在此。（递过一函）

福斯塔夫 作为一个绅士。

老板娘奎克莉 哎，你原来也这样说过。

福斯塔夫 作为一个绅士。好，那些事情就不提了。

老板娘奎克莉 凭我脚下踩着的这块天堂的土地[1]发誓，我非得高高兴兴地把我餐厅里的盘子和挂帘都拿去当了。

福斯塔夫 玻璃杯，玻璃杯喝酒最好。[2]至于墙上挂的，一幅漂亮小巧的滑稽画，或浪子回家的画，或德国的狩猎水彩画，比上千幅床帘和虫蛀的挂帘值钱。你拿去当，最多十镑。嗨，要不是你的脾气乖张，全英国找不到比你更好的女人。去把脸洗了，把官司撤了吧。你不要跟我耍脾气。好啦，我知道这次有人在背后怂恿你。

老板娘奎克莉 约翰爵士，只给你二十个诺勃尔[3]吧。说真的，我舍不得把我的盘子当了，真的。

福斯塔夫 别提啦。我另外想办法。你老是傻乎乎的啊。

1 天堂的土地（heavenly ground）：奎克莉把宗教仪式上的誓言（by this heavenly light）和世俗誓言（by the ground I walk on）混在一起了。

2 16 世纪晚期，玻璃器皿比金属器皿更时髦。

3 诺勃尔（nobles）：英国古金币，相当于三分之一英镑。

老板娘奎克莉 好吧，即使我当掉我的衣服，我也要把钱全数给你。我希望你来吃晚饭。你会把钱一起还我吗？

福斯塔夫 像我活着一样肯定！——（对巴道夫）跟她一起去，一起去。——看紧点，看紧点。

老板娘奎克莉 吃晚饭的时候，你要桃儿·贴席[1]来陪你吗？

福斯塔夫 别问了，叫她来吧。奎克莉、巴道夫、"爪牙"及余众下

大法官 消息不好啊。

福斯塔夫 什么消息，大人？

大法官 昨夜国王下榻何处？

高厄 在贝辛斯托克[2]，大人。

福斯塔夫 但愿一切顺利，大人。有什么消息，大人？

大法官 他的军队都撤回来了？

高厄 不。一千五百名步兵和五百骑兵，
已调至兰开斯特爵爷麾下，
以击诺森伯兰和大主教之军。

福斯塔夫 国王从威尔士回来了吗，尊贵的大人？

大法官 我马上就把信写好给你。走吧，同我一道去，高厄先生。

福斯塔夫 大人！

大法官 什么事啊？

福斯塔夫 高厄先生，能请你赏光同我共进晚餐吗？

高厄 我必须陪这位大人。十分感谢，约翰爵士。

大法官 约翰爵士，你在这儿晃荡得太久了，你该去乡下招募兵丁的。

福斯塔夫 你愿意同我吃一顿晚饭吗，高厄先生？

1 桃儿·贴席（Doll Tearsheet）：一妓女。
2 贝辛斯托克（Basingstoke）：汉普郡（Hampshire）一集贸城镇，在伦敦西南四十六英里处。

大法官 是哪个傻老师教你这些礼节的，约翰爵士？

福斯塔夫 高厄先生，如果这些礼节不适合我，那个教我这些礼节的人就是傻瓜。这是击剑之道，大人：针锋相对，但公平合理。

大法官 但愿上帝启迪你的蒙昧！你真是个大傻瓜。 众人下

第二场 / 第五景

伦敦，地点不详，可能在王子的居室内，也可能在前一场的同一街道上

亨利王子及波因斯上

亨利王子 说实话，我疲乏已极。

波因斯 真是如此吗？我原以为疲乏不敢冒犯像你这样高贵血统的人。

亨利王子 冒犯我了，虽然承认这点有失王子之尊。我现在想喝点淡啤酒，不至于贬低身价吧？

波因斯 嗨，一个王子不应该如此无教养，居然记起这样没劲的东西。

亨利王子 很有可能我的胃口天生就不是王子的胃口，因为，说实话，我此刻确实想起了淡啤酒这个贱东西。可是这些谦卑的考虑使我失去对荣华尊贵的爱慕之心。要我记住荣华之名，明天能认出荣华的面孔，这是何等的耻辱！要我记住有多少双丝袜，也就是说这些和那些桃红色的；记住有多少件衬衣，哪一件没有穿、哪一件正在穿？可

是，守网球场的人比我更清楚，在多数情况下，你不去打网球就说明你没有衬衣换了，因为买上等荷兰麻纱衬衣的钱都花在花街柳巷了。

波因斯 你说到哪里去了？你辛苦了半天，却来说这些闲话！告诉我，有几个恭顺的少年王子在父王病卧如令尊之时还在闲聊？

亨利王子 要我给你讲一件事情吗，波因斯？

波因斯 当然，但愿是好事。

亨利王子 对于教养不高于你的人来说，正合适。

波因斯 别废话啦，就你这句话，我还受得了。

亨利王子 嗯，我给你讲，因我父王病而我悲哀，这不恰当，虽然我可以告诉你——你是在我缺少更好的朋友的情况下的朋友——我可以悲哀，而且的确悲哀。

波因斯 谈这样的话题确实难啊。

亨利王子 你认为我同你和福斯塔夫一样已经名列在魔鬼簿上，为非作歹，死不悔改。还是让结果来判断一个人吧。但我可以告诉你，我的父亲沉疴在身，我内心在泣血，可是在你这一类下人面前，我必须收起表面的哀情。

波因斯 什么理由？

亨利王子 如果我泪流满面，你会怎样看我？

波因斯 我会认为你是一个最有王子风度的伪君子。

亨利王子 人人都会这样想，你同人人的想法一样，真是有福之人，世上无人比你更善随大溜。的确，每一个人都会认为我是伪君子。你这种想法来自什么令人景仰的思辨呢？

波因斯 嘿，因为你一贯鄙俗放浪，同福斯塔夫形影不离、臭味相投。

亨利王子 还有你一个。

波因斯　不，众口评我倒还过得去。这是我亲耳所闻：大家说到我最大的两个弱点，其一，我是老二[1]，其二，我好打斗。我承认，这两点非我所能改变。看，看，巴道夫来了。

亨利王子　我送给福斯塔夫的那孩子也来了。我送他的是一个基督徒，瞧那肥佬是不是把他变成一个猴子了[2]。

巴道夫及福斯塔夫的童仆上

巴道夫　天佑殿下[3]！

亨利王子　你礼貌周全，天亦佑你，最尊贵的巴道夫！

波因斯　哈，你这邪恶的驴子、羞答答的笨蛋，你必须红涨着一张脸吗？（对巴道夫）此时你为什么脸红？你变成大姑娘般的武夫了！喝一大杯啤酒算什么？[4]

童仆　殿下，他刚才从红格子窗里喊我，我望过去，怎么也不能把他的脸同格子窗分辨清楚，[5]最后我发现了他的一双眼睛，我以为他在卖酒婆的新红裙子上挖了两个孔，他的眼睛就从孔里往外望哩。[6]

亨利王子　（对波因斯）这孩子不是大有长进吗？[7]

巴道夫　走开，你这婊子养的两脚直立的兔崽子，走开！

1　在英国，幼子无继承权。
2　显然福斯塔夫让他的童仆穿得花里胡哨的，像一只演戏的猴子。
3　殿下（your grace）：此处为对王子的敬称，但在下句中亨利王子故意将“殿下”(grace) 理解为“礼貌、优雅”。
4　这几句话都在讥讽巴道夫喝酒脸红得厉害。
5　啤酒店的格子窗通常漆为红色，巴道夫的红脸很难同红格子窗分开了。
6　这句话也极言巴道夫喝酒后脸色之红。
7　这句话指他在福斯塔夫的管教下受益匪浅。

童仆 去你的，你这阿耳泰娅的不祥之梦[1]，去你的！

亨利王子 孩子，告诉我们，是个什么梦？

童仆 哎呀，殿下，阿耳泰娅梦见她生下一个捣蛋鬼，所以我把他叫作她的梦。

亨利王子 解释得妙，值得一个克朗。——给你，孩子。（给童仆钱）

波因斯 啊，但愿你这朵鲜花不要遭虫害！——对呀，我给你六便士[2]保佑你。（给童仆钱）

巴道夫 如果你们这样误人子弟，不把他害得上绞刑架的话，那绞刑架将会含冤。

亨利王子 你的主人近况如何，巴道夫？

巴道夫 很好，殿下。他听说你回来了，有封信给你。（递过一信）

波因斯 这信递交得很合礼仪。[3]那个肥人、你的主人如何？

巴道夫 身体健康，先生。

波因斯 嘿，他的灵魂需要医生，可是他对此并不在意：灵魂即使有病，但不会死。

亨利王子 我的确允许这大块头同我亲密得像我的狗儿一样，于是他就到处摆架子、显身份，你听他是怎么写的。

波因斯 （念信）“约翰·福斯塔夫骑士”——天下无人不知他这个头衔，因为他一有机会就卖弄，正如那些同国王沾亲带故的人，每当刺伤了手指头，必然会说：“这流的可是国王的血啊。”如果别人不懂他的意思，问他：“怎么会这样？”他立即谦卑答道：“我是王上的不肖侄子，先生。”

1 阿耳泰娅的不祥之梦（Althaea's dream）：神话中的阿耳泰娅被告知她的儿子将活到一块木头燃尽为止，童仆把她同帕里斯（Paris）之母赫卡柏（Hecuba）混淆了，后者梦见她将生下一个逆子，而他将毁掉特洛伊城（后来帕里斯所为果然应验）。

2 六便士（sixpence）：也许指伊丽莎白时代的六便士币上有十字架，能保佑这孩子。

3 因为巴道夫这样交信给王子非常唐突，所以波因斯语带讥讽。

就像向人借钱的人，脱帽打躬，毫不犹豫。

亨利王子 正是如此，他们一心要同我们攀亲戚，哪怕一直追溯到老祖宗雅弗[1]。还是读信吧：（念）“约翰·福斯塔夫爵士、骑士，谨向王上之子、父王最亲密的威尔士亲王请安。”

波因斯 嗬，这简直是一纸特许状。[2]

亨利王子 安静！（念）“我要效仿高贵的罗马人的简短。”

波因斯 他肯定说的是他气短气虚。（拿过信继续念）“我问候你，我赞美你，我诀别你。[3]不要同波因斯太亲密，因为他滥用你的宠信，到处对人发誓，说你要娶他的妹妹耐儿。闲时多多忏悔，就此告别。知己好友们的杰克·福斯塔夫，兄弟姐妹们的约翰·福斯塔夫，全欧洲的约翰爵士——你称呼我什么，你自己看着办吧。”殿下，我要把这封信泡在萨克酒里叫他吞下去。

亨利王子 那只不过使他多多食言。可是你滥用我的恩宠吗，奈德？我必须娶你的妹妹吗？

波因斯 但愿这丫头有这么好的福气！但是我绝没有说过这话。

亨利王子 得啦，我们在此虚掷光阴，智慧之神正高坐云端嘲笑我们哩。——（对巴道夫）你的主人在伦敦吗？

巴道夫 是的，殿下。

亨利王子 他在哪里吃晚饭？这头老野猪还是在老猪圈里觅食吗？

巴道夫 在老地方，殿下，在依斯特溪泊。

亨利王子 同什么人在一起？

童仆 几个知心的老伙计，殿下。

1 雅弗（Japhet）：挪亚（Noah）第三子。

2 特许状是国王颁发给子民的许可书。照规矩，在书信中，应该把收信人的姓名放在前面。

3 福斯塔夫为简洁而模仿凯撒的名言 *veni, vidi, vici*（“我来到，我看见，我征服”）。

亨利王子 有什么女人陪他？

童仆 没有别的女人，殿下，只有奎克莉大娘和桃儿·贴席姑娘。

亨利王子 那个女人是个什么货色？

童仆 良家妇女，殿下，同我的主人是亲戚关系。

亨利王子 正像教区的小母牛同镇上那头配种的大公牛的关系。——（对波因斯）我们在他们吃晚饭时来个不请自到怎么样？

波因斯 我是你的影子，殿下，我步步紧跟。

亨利王子 嘿，你这孩子，还有巴道夫，不要对你们的主人说我在城里。拿着，这是赏你们的封口钱。（递钱）

巴道夫 我是哑巴，殿下。

童仆 我守口如瓶，殿下。

亨利王子 再会，你们去吧。 巴道夫及童仆下

这桃儿·贴席肯定是个马路天使[1]。

波因斯 我敢打包票：正像从圣奥尔本斯到伦敦的那条公路，人来人往。

亨利王子 今天晚上我们怎样才能看见福斯塔夫的真面目，而又不被他发现呢？

波因斯 我们穿上皮马甲，系上围裙，扮作酒店的招待在桌边伺候他就行了。

亨利王子 由天神变成公牛？这是朱庇特的大堕落[2]。我从王子变成酒保，这是微不足道的变化，真所谓：着眼目的，权衡利弊，相机行事。跟我走，奈德。 众人下

1 马路天使（some road）：即妓女。

2 主神朱庇特（Jove）变为一头公牛后，强奸了腓尼基公主欧罗巴（Europa）。

第三场 / 第六景

诺森伯兰的沃克沃思城堡

诺森伯兰和夫人及哈利·潘西夫人上

诺森伯兰 请爱妻和贤媳，
予我内助，力赴难局，
不要与我愁眉相对，
如世人之訾言潘西。

诺森伯兰夫人 我已心灰意冷，我已无话可说。
为你所欲为，循智慧之指引。

诺森伯兰 啊，亲爱的夫人，我之荣誉已危在旦夕，
唯有奋力一搏，方可挽回。

潘西夫人 啊，看在上帝份上，不要打仗！
公公，你曾弃亲子之诺，[1]
那时你的骨肉之子潘西、
我的至爱哈利翘首北望，
急盼父亲的救兵而不到。
当时是谁劝你按兵不动？
坐失父与子的双重荣誉。
你的荣誉，愿天光启明。
他的荣誉与他生死同在，
如太阳高悬苍苍的天庭，
他的光辉激励英国骑士，

1 潘西夫人指诺森伯兰没有出兵救援在什鲁斯伯里战场受困的潘西（见《亨利四世》上篇）。

高贵的青年们以他为镜，
处身立世效仿他的言行：
凡有腿者皆学他的步态；
急促的口音是他的瑕疵，
现在成为勇士们的正腔，
说话低缓之辈宁愿放弃
自己所长而用他的腔调：
所以说话、走路、饮食、
娱乐、治军、性情之类，
他已成镜鉴，人皆以他为范。
而他——啊，旷世奇才，人中之杰！——
你却弃他于死地而不救，
无与伦比的他竟沦无助，
孤身劣势直面凶恶战神，
除了响亮的霍茨波之名，
别无援军。你离弃了他。
啊，你切不可守信他人
胜于守信于他！
这将辱没他的英灵。
别与他们为伍，
司礼大臣和大主教
重兵在握炙手可热。
如若我的爱夫哈利
有他们的军力之半，
今天我可能倚他颈畔，
议论蒙茅斯葬身之地。

诺森伯兰 贤媳，你真狠心啊！

重提我的旧过生悲情，
折我之志，泄我之气。
然而我必须知难而进，
否则大难降临时，
我束手无备。

诺森伯兰夫人 啊，逃到苏格兰去吧，
等贵族和民众武装
一试身手，再定夺。

潘西夫人 如他们势压国王，同他们联手，
铁腕相挽强更强。
为我们之爱，让他们先试。
你容令郎试刀身亡，
如此我成了寡妇，
我将以一生之泪，
浇灌我的怀念情，
天长地久无穷尽，
永生永世祭夫君。

诺森伯兰 快，快，跟我进来吧。
我的心如潮涨至巅峰，
戛然而止，无所适从。
我极愿去会同大主教，
但千万条理由阻止我。
我决意去苏格兰静观，
待机而动，乘势而还。 众人下

第四场　/　第七景

伦敦依斯特溪泊奎克莉的酒店内

两酒店伙计上

酒店伙计甲　你拿些什么东西来？干苹果[1]？你知道约翰爵士最不喜欢干苹果。

酒店伙计乙　你说得对。有一次王子摆了一盘干苹果在他面前，对他说这里又多了五个干苹果爵士，然后他脱下帽子说，“我要向这六位又干又圆、既老且皱的骑士告辞了。”约翰爵士听了气得冒火，但他现在把这事忘了。

酒店伙计甲　那么，赶快把桌子摆好，把干苹果放下，把斯尼克“噪音”乐队找来，桃儿·贴席姑娘喜欢听听音乐。

酒店伙计乙　老兄，王子和波因斯老爷马上就到，他们要穿上我们的皮马甲和围裙，这事不能让约翰爵士知道。巴道夫带话过来吩咐的。

酒店伙计甲　那我们这儿又有好戏看啦。这场恶作剧肯定精彩。

酒店伙计乙　我去把斯尼克找来。　下

老板娘奎克莉及桃儿·贴席上

老板娘奎克莉　宝贝，我看你现在情绪好极了；心跳得再正常不过了；你的脸色红艳如玫瑰花，真的。但是，你把加那利酒[2]也喝得太多了，那种酒劲可大啦，你还来不及叫一声：“怎么回事？”酒力就已经进入你的全身血液了。现在感觉

1 “干苹果”的原文为 apple-john，与福斯塔夫的名字 John 相似，所以王子以此取笑他。——译者附注

2 加那利酒（canaries）：加那利群岛产的一种葡萄酒。

怎么样?

桃儿·贴席 比刚才好多了。呃,呃![1]

老板娘奎克莉 这就好啦。好心情胜黄金。瞧,约翰爵士来啦。

福斯塔夫上

福斯塔夫 (唱)"当亚瑟登位为王"——

(对酒店伙计甲)快去倒夜壶。——

(唱)"君临天下,圣明崇光。"桃儿姑娘可好?

酒店伙计甲下

老板娘奎克莉 都闲出病啦,真的。

福斯塔夫 干她这一行的都是这样的。一旦没事干,肯定就生病。

桃儿·贴席 你这个臭东西,这就是你给我的安慰吗?

福斯塔夫 你搞出我们这些胖东西的,桃儿姑娘。

桃儿·贴席 我搞的?又嘴馋又有病,所以胖成这个样子,可不是我搞的。

福斯塔夫 厨子害得我们嘴馋,你把病来传,桃儿。你传给我们的病,桃儿,你传给我们的。认账吧,我可怜的淑女,认账吧。

桃儿·贴席 是呵,嘿,姑娘们的项链首饰都传给你了。

福斯塔夫 "你们是一身珠宝一身病。"[2]你知道,来得猛也去得快。长枪插深穴,力猛枪头弯,受了伤也要雄赳赳地去看医生;枪膛里有弹药,冒险也要上啊——[3]

老板娘奎克莉 哎呀,你两个旧性不改,见面就吵。说真的,你俩的脾气躁,就像两片烤干的面包。你们谁也不让谁,叫什么

1 可能是桃儿·贴席的打嗝声。

2 这可能是歌谣中的一句。

3 这几句话里都有强烈的性暗示。——译者附注

话！（对桃儿）人必须容忍，这个人就是你：正像人们说的，你是一个更弱的容器、更空的容器。

桃儿·贴席 一个柔弱的空容器装得下一个满满的大酒桶吗？他那一肚子的波尔多酒足够装一商船哩；从没见过载得更满的船了。好啦，我们言归于好，杰克。你马上要上战场了，我将来能否再见到你，谁也不在乎。

酒店伙计甲上

酒店伙计甲 爵爷，毕斯托尔旗官在下面，他有事相告。

桃儿·贴席 叫他去死吧，这个傲慢无礼的恶棍！别让他进来，全英格兰他嘴上最无德。

老板娘奎克莉 如果他傲慢无礼，就不要他进来。我得同我的邻居相处。我不要傲慢无礼的人进我的店。我在这儿名声清白，交往的都是正人君子。把门关上，傲慢无礼者勿入。我这个岁数了还让人来傲慢无礼，那我就白活了。我请你快关门。

福斯塔夫 你听我说吗，老板娘？

老板娘奎克莉 请你不要嚷，约翰爵士。我这儿不欢迎傲慢无礼的人。

福斯塔夫 你听我说吗？他是我的旗官。

老板娘奎克莉 别给我说废话，约翰爵士，你那个傲慢无礼的旗官进不了我的门。前天治安法官铁锡克大人才把我唤去，对我说——就是上个礼拜三，不会再早——“邻居奎克莉，”他说——当时我们的牧师邓勃大人也在场——“邻居奎克莉，”他说，“你要接待温文尔雅的客人，”他说，“因为你现在名声不好。”我知道他为什么这样说。“因为，”他说，“你是一个规矩女人，大家对你的看法也好。所以接待客人要千万小心。不要接待，”他说，“不要接待傲慢无礼之徒。”我的大门永远向这种人关闭。我真庆幸听了他这番话啊。我坚决不接待傲慢无礼之徒。

福斯塔夫 他不是什么傲慢无礼之徒，老板娘。他打牌很狡诈，但无害人之心。你可以像轻轻抚摸一条小灰狗一样抚摸他。就是对一只巴巴里母鸡[1]，他也不会无礼，如果母鸡竖起羽毛表示反抗的话。——叫他上来，伙计。

酒店伙计甲下

老板娘奎克莉 你说他"狡诈"？诚实的、狡诈的，我这儿都欢迎，但我讨厌傲慢无礼之徒。一提起"傲慢无礼"，我就受不了。各位大爷，你们摸吧，我浑身都在发抖。你们瞧吧，我的确在抖。

桃儿·贴席 你真的在发抖，老板娘。

老板娘奎克莉 我是在发抖吧？我的确在抖，抖得像一片白杨树的叶子：我根本无法忍受傲慢无礼之徒。

毕斯托尔、巴道夫及其童仆上

毕斯托尔 天佑你，约翰爵士！

福斯塔夫 欢迎你，毕斯托尔旗官。来来，毕斯托尔，我给你倒一杯萨克酒，你劝我的老板娘把酒都喝下去。

毕斯托尔 我要在她的身上射两颗子弹，约翰爵士。

福斯塔夫 她才不怕你的子弹，你很难把她射穿。

老板娘奎克莉 酒也罢，子弹也罢，老娘通通不吃那一套：我只喝对我有好处的东西，我不会为男人的快活而喝，我就是这么个人。

毕斯托尔 你来，桃儿姑娘，我上你。

桃儿·贴席 上我？我看不起你，你这下流坯！呸！你这又穷又贱、无赖加骗子、一身褴褛的东西！滚开，你令人作呕，快

1 巴巴里母鸡（Barbary hen）：即珠鸡（guinea fowl），也用来指妓女。

滚！你是癞蛤蟆想吃天鹅肉，打起你老爷的女人的主意了。

毕斯托尔 我知道你的根根底底，桃儿姑娘。

桃儿·贴席 滚开，你这恶贼！滚，你这龌龊的扒手！以这杯酒发誓，如果你敢对我无礼，我要用刀子划破你这张倒霉的脸。滚开，你这下贱东西，到处招摇撞骗！请问老爷，从什么时候起你肩头上挂两条绶带了？好威风啊！

毕斯托尔 你说这些毒话，惹得我性起，我撕开你的衣领叫你好看！

老板娘奎克莉 不要不要，毕斯托尔好队长，不要在这儿干，好队长。[1]

桃儿·贴席 队长？你这遭天杀的可恶骗子！别人叫你队长你不感到羞耻吗？如果队长们同我的想法一样，他们会把你这个冒牌货用军棍揍一顿，赶出军队。你当队长？凭什么，你这奴才？凭你有本事在窑子里把一个可怜妓女的衣领扯烂？他也配当队长？吃发霉的煮梅子和啃馊饼子过日子的也是队长？这些坏蛋要把“队长”这个词儿搞臭，所以队长们必须提防他们啊。

巴道夫 （对毕斯托尔）请你下楼去吧，旗官。

福斯塔夫 过来听我说，桃儿姑娘。

毕斯托尔 我不下去。我告诉你吧，巴道夫伍长，我可以把她干掉。此仇必报。

童仆 （对毕斯托尔）请你下楼去吧。

毕斯托尔 我将看见她先堕入
地狱之湖之黑暗中，
在阴曹地府受熬煎。

1 队长（captain）：奎克莉称他为队长，要么是恭维他，要么是出于疏忽。

抓住钩和线下去吧，
下去，下去，畜生！
下去，这是你的命！
难道我们没有希琳[1]？

老板娘奎克莉 庇色儿[2]好队长，安静点。已经很晚了。我求你息怒。

毕斯托尔 我的脾气很温良。
亚洲驮马和瘦弱驽马，
日行三十里，堪与凯撒相比？
同汉尼拔争高低？[3]
与特洛伊希腊勇士比肩立？[4]
宁让三头犬咬死它们，[5]
苍天怒叱它们。我们要因小而斗？

老板娘奎克莉 真的，队长，你的话说得太狠了。

巴道夫 快走吧，好旗官，这样闹下去就要出事了。

毕斯托尔 让人命贱如狗命！让王冠敝如别针！
难道没有希琳在此吗？

老板娘奎克莉 我发誓，队长，这儿没有这样一个人。[6]哎呀，你以为我不让她进门吗？请安静点吧。

毕斯托尔 那就吃好养胖，我的美人凯丽珀莉丝。[7]

1 希琳（Hiren）：可能是毕斯托尔给他的剑取的女性名字。

2 庇色儿（Peesel）：毕斯托尔的名字（Pistol）的另外一种读音，与 pizzle（动物阴茎）一词读音相近。

3 此处毕斯托尔把迦太基将军 Hannibal 的名字错念成 cannibal（食人的生番）。

4 此处毕斯托尔把攻打特洛伊城的希腊人同守城的特洛伊人搞混了。

5 三头犬（King Cerberus）：指看守地府入口的猛犬刻耳柏洛斯（Cerberus）。

1 她以为毕斯托尔指一个名叫希琳的女人。

2 此句模仿乔治·皮尔（George Peele）所作《阿尔卡扎之战》（*The Battle of Alcazar*）中的一行诗。

哈，给我一杯萨克酒。
“我若时运不济，聊以怀抱希冀。”[1]
怕什么万炮齐发？不怕，让魔鬼向我开火吧！
我要萨克酒。心爱的，您躺在这儿吧。（放下手中的剑）
我们要在此了结吗？石榴裙下万事空？

福斯塔夫 毕斯托尔，我要静一会儿。

毕斯托尔 亲爱的骑士，我吻你的手吧。嗨，我们刚才见过七仙女星座的！[2]

桃儿·贴席 把他扔到楼下去。我简直忍受不了这种大言不惭的恶徒。

毕斯托尔 “把他扔到楼下去”？苏格兰小马好大的口气！

福斯塔夫 把他推下去，巴道夫，像滚一个先令币一样推他下楼。他在这儿无所事事，尽说废话，毫无用处。

巴道夫 得啦，下去下去！

毕斯托尔 什么？要动武？要见血？（拔出剑）
愿死神摇我睡去，减缩我的悲哀时日。
让惨烈的伤口解脱命运三女神的束缚，
动手呀，阿特洛波斯[3]！

老板娘奎克莉 要出大事啦。

福斯塔夫 把剑给我，孩子。

桃儿·贴席 不要，请不要拔剑，杰克。

福斯塔夫 你自己给我滚下去。（拔剑击毕斯托尔）

毕斯托尔被巴道夫赶下

3 此句引用了意大利语格言：*Si fortune me tormente, sperato me contento.* 文句有窜改。
4 毕斯托尔暗示他和福斯塔夫夜里寻欢作乐。
3 阿特洛波斯（Atropos）：命运三女神之一，她的姐妹克洛托（Clotho）纺出生命之线，拉刻西斯（Lachesis）丈量生命之线的长度，阿特洛波斯专司剪断生命之线。

老板娘奎克莉 乱子闹得太大啦！我再也不在这儿开店了，这样担惊受怕我可受不了。我敢说，非出人命不可。天哪天哪，快把你们的家伙收起来吧，收起来吧。

桃儿·贴席 杰克，求你别闹了。那坏家伙已经滚蛋了。啊，你这婊子养的小杂种真勇敢！

老板娘奎克莉 你的胯裆受伤了吗？我好像看见他朝你的肚子上狠刺了一剑哩。

巴道夫上

福斯塔夫 （对巴道夫）你把他赶出门去了吗？

巴道夫 赶出去了，爵爷。那小子喝醉了。爵爷你刺伤了他的肩头。

福斯塔夫 混蛋，竟敢跟我作对！

桃儿·贴席 啊，你这可爱的小流氓，你呀！哎，可怜的猴子，瞧你这一身汗！来，我给你擦擦脸，来呀，你这婊子养的。啊，坏东西，我爱你。你像特洛伊城的赫克托耳一样勇武，抵得上五个阿伽门农，赛过九大名人[1]十倍。啊，你真坏！

福斯塔夫 狗奴才，我要把他裹在毯子里扔出去。[2]

桃儿·贴席 好样的，如果你有这样的胆量。如果你把他裹在毯子里扔出去，我就把你裹在床单里滚来滚去。[3]

乐师上

童仆 乐师来了，爵爷。

福斯塔夫 叫他们奏乐。——奏乐吧，各位。——坐在我膝盖上，

1 九大名人（Nine Worthies）：指体现理想骑士精神的九位历史人物，即三个犹太人（约书亚、大卫和犹大）(Joshua, David and Judas Maccabaeus)、三个异教徒（特洛伊的赫克托耳、亚历山大大帝和凯撒）(Hector of Troy, Alexander the Great and Julius Caesar) 和三个基督徒（亚瑟王、查理大帝和布永的戈弗雷）(Arthur, Charlemagne and Godfrey of Bouillon)。

3 据说是惩罚胆小鬼的一种方式。

1 桃儿的这句话有强烈的性暗示。

桃儿。这个混账奴才，满嘴大话！见了我一溜烟就逃掉，快如水银之泻。

桃儿·贴席 你追他的时候稳重如一座教堂[1]。你这圣巴肖罗缪节集市上的肥美烤公猪[2]，你什么时候才歇手，白天不打架，夜晚不斗剑，收拾起你这副老皮囊上天堂去呢？

王子及波因斯乔装上

福斯塔夫 住嘴，好桃儿。不要像骷髅头一样尽说丧气话，不要在我面前提起本人的大限。

桃儿·贴席 老兄，王子这个人的脾气如何？

福斯塔夫 一个浅薄的好青年罢了。当个厨工满可以，肯定会切面包。

桃儿·贴席 听他们说波因斯很有才气啊。

福斯塔夫 他有才气？他笨蛋一个！他的才气同芥末籽一般大哩。如果他都有头脑的话，木棒槌也会思想了。

桃儿·贴席 那王子为什么如此喜欢他呢？

福斯塔夫 因为他们俩的腿长得一般粗细，都是一路货色。因为他会玩掷环套桩游戏；他爱吃茴香鳗鱼；他敢喝火酒[3]；他同男童玩骑背游戏[4]，玩得兴高采烈；他发誓一本正经；他穿的靴子非常得体，简直在为他的腿做广告；他讲起无聊

2 “如一座教堂（like a church）”一语原文意思不清，也许指他动作迟缓，也许指他一副庄重的样子，也许指他根本没有追。

2 伦敦的圣巴肖罗缪节（St Bartholomew’s fair）在 8 月 24 日，烤公猪是庆祝该节日的传统菜肴。

3 喝火酒（drinks off candles’ ends for flap-dragons）：一种饮酒游戏，饮者的酒中有燃烧物（如蜡烛头）漂浮。

4 骑背游戏（rides the wild-mare）：近似于跳背游戏，只是游戏者不跳过对方的背，而是跳在对方的背上。

乏味的故事，总是滔滔不绝；诸如此类的雕虫小技，他都擅长，表明他四肢发达、头脑简单；王子同他臭味相投，所以引为知己。他们两人之间无毫发之差。

亨利王子 （旁白。对波因斯）这个胖磙子东西不是要别人割他的耳朵吧？

波因斯 我们当着他的婊子的面教训他一顿吧。

亨利王子 瞧这衰老头是不是会像鹦鹉一样让这个女人摆弄。

波因斯 不奇怪吗？多年没行男女之事，欲望却依然强烈！

福斯塔夫 亲亲我，桃儿。（她吻他）

亨利王子 （旁白。对波因斯）土星和金星今年相会了[1]！历书上对此怎么说的？

波因斯 瞧这个满脸通红的星宿[2]会不会同他主人的知己和内助[3]也卿卿我我一阵呢。

福斯塔夫 （对桃儿）你亲得我云里雾里啦。

桃儿·贴席 真的，我以一颗最真诚的心来吻你。

福斯塔夫 我老了，我老了。

桃儿·贴席 我爱你胜过任何一个不中用的小伙子。

福斯塔夫 你喜欢什么料子做衣裳？我礼拜四会收到钱。明天我给你买一顶帽子。好啦，给我唱一支欢乐的歌吧。天晚了，我们要上床了。我一走，你就把我忘记了。

桃儿·贴席 听你这样说，我很伤心。我保证不等你回来我不会梳妆打扮。好吧，走着瞧。

福斯塔夫 拿酒来，弗朗西斯！

1 土星和金星被认为分别掌管老年和爱情。

2 满脸通红的星宿（fiery Trigon）：指巴道夫。

3 知己和内助（old tables, his notebook, his counsel-keeper）：指老板娘奎克莉。

亨利王子和波因斯　就来，就来，先生。（趋步向前）
福斯塔夫　哈！国王的私生子来啦？——你难道不是波因斯的兄弟吗？
亨利王子　嘿，你这满身罪过的圆球，你的日子过得好舒畅啊！
福斯塔夫　比你好：我是绅士，你是酒保嘛。
亨利王子　确实如此，先生，我这个酒保就是来揪你的耳朵拉你出去。
老板娘奎克莉　啊，上帝保佑殿下！欢迎光临伦敦。嗨，老天爷降福你这张可爱的脸！怎么，你从威尔士来吗？
福斯塔夫　你这集疯癫、下流和庄重于一体的王子，我奉上这轻浮淫佚的血肉之躯[1]，对你表示欢迎。
桃儿·贴席　说什么？你这胖蠢货，我根本看不起你。
波因斯　殿下，你不赶快教训他一顿，他会嘻嘻哈哈地把你对他的怒气化为乌有，搞成一场儿戏。
亨利王子　你这浑身流油的下流东西，你怎敢当着这位贞洁贤良、温柔敦厚的妇人的面肆意诋毁我！
老板娘奎克莉　谢天谢地，你的好心肠！她确实如你所说是一位好姑娘哪！
福斯塔夫　（对亨利王子）你听见我说的什么啦？
亨利王子　我听见了，而且你知道我能听见，正如你在盖兹山逃跑的时候一样，你明明知道我在你身后而故意说那些话来激怒我。
福斯塔夫　不，不，不，我不是故意的。我没有想到你听得见我说话。
亨利王子　你必须承认你对我的肆意诋毁，然后听候我的处置。
福斯塔夫　不是诋毁，哈尔，以我的荣誉起誓，不是诋毁。
亨利王子　把我叫作伙房的厨工、专门切面包的，等等，诸如此类，

1　轻浮淫佚的血肉之躯（light flesh and corrupt blood）：指桃儿。

这还不叫诋毁？

福斯塔夫 不是诋毁，哈尔。

波因斯 这还不是诋毁？

福斯塔夫 不是诋毁，奈德，确实不是，毫无诋毁之意，奈德。我在坏人面前说他的坏话，是为了使坏人不至于喜欢上了他——我这样做算是尽了一个贴心的朋友和忠心的臣下的本分，他的父亲该为此而感谢我哩。绝非诋毁，哈尔。——不是的，奈德，不是。——不，孩子们，这不是诋毁。

亨利王子 看吧，完全出于恐惧和怯懦，为了得到我们的谅解，你不是不惜诬蔑这位贤淑的女子吗？难道她也是坏人？难道这位老板娘也是坏人？难道你的童仆也是坏人？难道忠心耿耿的巴道夫，红光闪闪的鼻子显示他的火热心肠，难道他也是坏人？

波因斯 快答话，你这朽木，答话吧。

福斯塔夫 魔鬼既已选中了巴道夫，那他是不可救药的了，他那张脸就是魔鬼的私厨，他专门在里面炙烤酒鬼。[1] 至于这孩子，他身边有一位仁爱的天使，可是他也斗不过魔鬼。

亨利王子 还有这两个女子呢？

福斯塔夫 两个之中，一个已经下地狱，正在熬煎可怜的灵魂。[2] 至于另一个，我还欠她钱，不知道她会不会因此而打入地狱[3]。

老板娘奎克莉 我敢说，绝不会的。

1 此语极言巴道夫嗜酒如命。——译者附注

2 此语影射该女子染上了梅毒并传染给别人。

3 清教徒以放贷为罪过。

福斯塔夫 我想你不会为此而下地狱。我想你此罪可免。天哪，你还有一桩罪过，违反教规，在你的店里卖肉给客人吃，为此你非下地狱不可了。

老板娘奎克莉 所有的酒店都在卖肉。整个大斋节期吃一两块羊肉有什么关系？

亨利王子 （对桃儿）淑女，你——

桃儿·贴席 殿下说什么？

福斯塔夫 殿下心口不一[1]。（幕内敲门声）

老板娘奎克莉 谁把门敲得这么响？去门口看看，弗朗西斯。

皮多上

亨利王子 皮多，怎么啦？有什么消息？

皮多 殿下父王现在威斯敏斯特，
二十个信差刚从北方而来，
筋疲力尽，行色张皇，
我一路上遇到十多个队长，
衣冠不整，汗流满面，
在每个酒店打听福斯塔夫何在。

亨利王子 天啊，波因斯，我真该自咎，
竟然在此虚掷了宝贵的时光，
而骚乱的风暴如南来的疾风，
挟滚滚黑云，正欲倾泻而下，
我们毫无戒备之身临险处危。——
快给我剑和外氅。——福斯塔夫，晚安！

亨利王子、波因斯及皮多下

福斯塔夫 正值良辰美景，却要辜负这一刻千金。（幕内敲门声）又

1 殿下立即意识到不该称桃儿为淑女。

在敲门啦？怎么啦？什么事？（巴道夫去到门口）

巴道夫 爵爷，你必须立即进宫。
十多个军爷在门口等候。

福斯塔夫 （对童仆）把乐师的钱赏了吧，小子。——再见，老板娘。——再见，桃儿。你们都看见啦，好娘儿们，有本领的男人是何等地受人追捧。庸碌之辈可以高枕无忧，而有作为的人却时刻待命而动。别了，好娘儿们。如果我不立即开拔，我会再来看你们的。

桃儿·贴席 我说不出话来啦。但愿我的心不要立即破碎——咳，亲爱的杰克，多多保重。

福斯塔夫 再见，再见。 福斯塔夫、巴道夫及童仆下

老板娘奎克莉 好啦，再见。到今年豌豆生荚结籽的时候，我同你厮混有二十九个年头了，可是更老实更真心的男人也——不说啦，再见吧。

巴道夫 （幕内）桃儿·贴席姑娘！

老板娘奎克莉 什么事啊？

巴道夫 （幕内）令桃儿·贴席姑娘来见我的主人。

老板娘奎克莉 啊，快跑，桃儿，快跑。跑啊，好桃儿！ 同下

第三幕

第一场　/　第八景

王宫

亨利四世及侍童上

亨利四世　去传萨里伯爵和沃里克伯爵。
来之前要他们细读这些信札，
并多加斟酌。（递信）快快去吧。　侍童下
有多少我的最贫穷的子民
此刻正在安睡？啊，睡眠！
温馨之眠！造化的奶娘，
多么柔情，我怎么把你惊吓，
以致你不再把我的眼帘放下，
不再沉我的感官于忘却之河？
睡眠啊，你为何宁栖于陋室，
卧于草垫绳床而闻蚊蝇酣然，
却不愿在沐香燃桂的寝宫中，
在豪奢的帷帐下伴美乐而息？
啊，你这冥顽的睡神，
为何与卑贱者共不堪的枕席，
却空余帝王之榻如无眠表盒，
整夜嘀嗒，或如夜鸣的警钟？
当狂风卷起巨浪拍天怒号时，
喧嚣之威，足以惊醒死神，

而在波涛的粗鲁摇篮里，
在风暴的紧紧拥抱之中，
在那高耸眩目的桅杆上，
你会让水手闭目摇他睡去？
啊，你这偏心的睡神，
在如此动荡的时刻，
你赐安睡予风浪中的水手，
而在万籁俱静的夜晚，
在无所不有的寝宫里，
你却拒施惠泽于国王？
嗨，贱者有福，安睡吧！
戴王冠的头不易安枕。

沃里克及萨里上

沃里克 恭祝陛下早安！

亨利四世 此刻已是早晨吗，贤卿？

沃里克 一点已经过了。

亨利四世 啊，大家早安，贤卿。
你们看了我的信啦？

沃里克 我们看了，陛下。

亨利四世 我们的王国之躯体上，
沉疴在身，处处险状，
患及其心，众卿明白？

沃里克 王国如失调之身，
遵医嘱服良药，
即可康复如初之力。
诺森伯兰必将很快幡然醒悟。

亨利四世 苍天啊！愿人可启读命运之书，

目睹沧桑之变，
高山化为平川，
陆地厌于坚实，
纷纷融入大海。
依随时光流转，
又见海岸宛如一带，系海神之腰太宽。
命运的嘲弄与变迁将各色酒酿，
怎样地斟满幻化无常的杯盏啊！
不到十年前，理查[1]和诺森伯兰，
互引为知己，
常欢宴席间，
而两年之后，
竟刀兵相见。
不过八年前，此潘西[2]我之心腹，
为我奔劳，如我之手足亲兄弟，
爱我至深，为我可舍身家性命，
不顾安危，当面抗命顶撞理查。
当时你俩谁在场？——（对沃里克）我记起来了，
是你内维尔贤卿在场。——
理查被诺森伯兰斥责而泪长垂，
确曾说过这些话，并已经应验：
“诺森伯兰，你做了进身之阶梯，
我的堂弟波林勃洛克凭此攀附，
爬上我的王位”——天知道，

1 理查：即理查二世。
2 潘西：即诺森伯兰。

当时我并无此心，而情势使然，
我同帝王之尊，必然风云际会——
“那一天终将到来，”他接着说，
“极恶如脓疮之患，养痈必溃。”
他当日所言，已应今日之事，
我同诺森伯兰之间已经反目。

沃里克 人人皆有历史可凭依，
以此为据观察
过往的是是非非，
可准确料知未来大势，
结果已孕育在胚芽里，
时间催生，
必然结局。
按照这种必然的规律，
理查王可有把握推断，
势大的诺森伯兰叛他，
逆种将繁衍滋生，
而结出一串逆果，
你就成为逆果的土壤。

亨利四世 所以这些都事出必然吗？
那么我们就应对必然吧。
有一句话一直音犹在耳：
说主教和诺森伯兰之军，
共有五万之众与我抗衡。

沃里克 这断不可能，陛下。
谣言把可畏的敌军人数翻倍，
正如声音与其回声以一为二。

请陛下安寝。臣以性命担保，
你遣的王师将轻取敌军报捷。
另有一确讯，可释陛下之怀：
葛兰道厄已死。最近两周来，
陛下圣体欠安，
深夜操劳而不眠，
势必加重恙情，
不利于安康。

亨利四世 我听卿等劝谕。
内乱一旦平息，
我们即挥师远赴圣地。 众人下

第二场 / 第九景

英格兰西部格洛斯特郡（夏禄法官宅邸，福斯塔夫此时正由伦敦去约克，格洛斯特非其途中必经之地）

夏禄及赛伦斯上，霉气、影子、疣子、衰仔、小公牛及众仆人同上

夏禄 来，来，来，握握手，兄弟；握握手，兄弟。凭十字架发誓，你来得真早！赛伦斯贤弟，近来如何？

赛伦斯 早安，夏禄老兄。[1]

1 夏禄（Shallow）和赛伦斯（Silence）都是地方治安法官，赛伦斯可能从林肯郡（Lincolnshire）来拜访他的亲戚。

夏禄 我的弟媳、你那贤妻好吗？最漂亮的令嫒、我的干女儿爱伦好吗？

赛伦斯 哎，漂亮什么呀，见笑见笑，夏禄老兄！

夏禄 绝无虚言，老弟。我敢肯定我的侄儿威廉已经是大学者啦。他还在牛津[1]吗？

赛伦斯 是啊，老兄，我花钱不少啊。

夏禄 他肯定马上要进伦敦律师学院了。我从前读的是克里门律师学院[2]，他们现在谈起我还口口声声“疯狂的夏禄”哩。

赛伦斯 他们当时叫你“浪子夏禄”，老兄。

夏禄 我的绰号多得很，而且我无所不为，为所欲为。我一个，一个是斯塔福德郡的小约翰·不值钱，一个叫黑乔治·赤裸裸，一个叫弗朗西斯·贪婪，一个来自科茨沃尔德[3]的叫威尔·尖叫。在伦敦所有的律师学院中，这四个家伙最胡闹。可以这样说，哪里有漂亮妞我们了如指掌，最漂亮的我们也随叫随到。还有杰克·福斯塔夫，现在叫约翰爵士了，当时还是个孩子，给诺福克公爵托马斯·毛勃雷当侍童。

赛伦斯 老兄，这个约翰爵士就是马上要来这里招兵的那个人吗？

夏禄 就是这个约翰爵士，老弟，正是此人。我亲眼看见他在宫廷门口打破了斯科金[4]的脑袋，那时他还是个血气方刚的小子，个子不到这么高。就在同一天，我在葛雷律

1 牛津（Oxford）指牛津大学，位于伦敦西北六十英里处。
2 克里门律师学院（Clement's Inn）比伦敦律师学院（Inns of Court）略逊一筹。
3 科茨沃尔德（Cotswold）：格洛斯特郡境内的山脉。
4 斯科金：即约翰·斯科金（John Scoggin），爱德华四世（Edward IV）时代的宫廷弄臣。

师学院的后面，同一个名叫参孙·鱼干的水果贩打了一架。啊，从前过的日子多么疯狂！眼看好多老朋友都死啦！

赛伦斯 我们都将跟他们去的，老兄。

夏禄 确实，确实，肯定，肯定。凡人皆有一死，都要死的。两头上等小公牛在斯坦福德集市[1]卖多少钱？

赛伦斯 说实话，老兄，我还没有去过那里。

夏禄 死是肯定的。你镇上的德勃尔老哥还在吗？

赛伦斯 死了，老兄。

夏禄 死啦？咳咳，他射得一手好箭啊，死了？他百发百中啊。冈特的约翰[2]非常赏识他，在他身上押过大赌注。死啦？他能在二百四十码外一箭穿靶心，在二百八九十码的距离，他一箭射正，直中靶心，真叫人大开眼界。二十头母羊现在卖多少钱？

赛伦斯 那要看羊的好坏，二十头好母羊可值十镑。

夏禄 德勃尔老哥居然死了吗？

巴道夫及福斯塔夫的童仆上

赛伦斯 那边来了两个人，我看是约翰·福斯塔夫爵士差来的。

夏禄 早安，各位德高望重的绅士。

巴道夫 请问先生，哪一位是夏禄法官？

夏禄 鄙人就是罗伯特·夏禄，先生，本郡的一名乡绅[3]，人微位卑，充任治安法官，为国王效劳。敢问先生有何贵干？

1 斯坦福德（Stamford）：林肯郡内一镇，以牛马集市闻名；有些编者提出疑问，认为本场的地点实际上位于斯坦福德附近，因为福斯塔夫由伦敦去约克途经此地更符合逻辑，但莎士比亚通常对地理的真实性不在意。

2 冈特的约翰（John of Gaunt）：亨利四世之父。

3 乡绅（esquire）：地位仅在骑士（knight）之下。

巴道夫 先生，我的队长向你致意——我的队长，约翰·福斯塔夫爵士是一位豪勇的绅士，最侠义的长官。

夏禄 承蒙下问，先生。久闻他的大名，知道他是一个使枪弄棍的好手。骑士阁下好吗？他夫人好吗？

巴道夫 抱歉，先生。军人并不羁于妻室。

夏禄 妙语，先生，真是妙语。“不羁于！”[1]说得好，确实好。妙语如珠玑，令人洗耳恭听。“羁于”，此语源出拉丁语。[2]名言，妙语。

巴道夫 先生，惭愧，我也是刚听来的。你称之为妙语？到今天我才知道这个词儿，但我愿以我手中之剑证明这个词很有军人气概，颇具将帅魄力。“羁于”，即是说一个男人“有了妻室”，或者被认为如此，这都是大好事。

福斯塔夫上

夏禄 你说得有道理。看，约翰爵士来啦。让我握你尊贵的手，让我握尊贵的阁下的尊贵的手。说真的，你气色太好了，真是越活越年轻啦。欢迎光临敝地，尊贵的约翰爵士。

福斯塔夫 见到你真高兴，罗伯特·夏禄先生。——我想这位是修尔卡德先生[3]吧？

夏禄 不，约翰爵士，他是我的表弟，叫赛伦斯，是我的同僚。

福斯塔夫 啊，赛伦斯先生，你干这一行太合适了。[4]

赛伦斯 欢迎阁下光临。

福斯塔夫 啧啧，这天气太热了，先生们。你们给我招到几个兵了吗？

1 “羁于”原文为 accommodated，当时为一时髦的新词，夏禄这样的乡绅比较陌生。

2 夏禄认为 accommodate 来自于拉丁词 accommodo。

3 “修尔卡德”英文为 Surecard，有“稳操胜券”之意。

4 “赛伦斯”英文为 Silence（安静），而其职务“治安法官（Justice of the Peace）”英文中的 of the peace 亦可理解为 silent（安静的），故福斯塔夫借此打趣。——译者附注

夏禄 嘿，我们招到了，爵士。你请坐。

福斯塔夫 你把他们都叫出来我看看吧。（众人坐下）

夏禄 名单哪去啦？名单哪去啦？名单哪去啦？让我找找，让我找找，让我找找。对，对，对，对。好啦，爵士。——拉尔夫·霉气！我点到名的都给我出来，都给我出来，都给我出来。我点名啦，霉气在哪里？

霉气 霉气到，老爷。

夏禄 你看这个人怎么样，约翰爵士？四肢发达的汉子，年轻，有力气，出身好人家。

福斯塔夫 你的名字叫霉气吗？

霉气 是，老爷。

福斯塔夫 那你该让别人多使唤使唤。

夏禄 哈哈哈！妙极了！东西不常用，就发霉。至理名言。说得太好了，约翰爵士，妙不可言。

福斯塔夫 取他吧。

霉气 我已经被取了好多次了，这次你放了我吧。如果我当兵去了，我老娘就没有人给她干活理家了，她的日子就很难过。你何必取我呢，比我合适的人多得很哪。

福斯塔夫 得啦得啦。别废话，霉气，你必须去。霉气，你该去活动活动了。

霉气 活动活动？

夏禄 别吵，你这家伙，别吵。靠边站。你知道这是什么地方？——下一个，约翰爵士，我看——西蒙·影子在哪？

福斯塔夫 嗨，我可以坐在他下面乘凉啦；他当兵可能也是个冷冰冰。

夏禄 影子在哪儿？

影子 到，老爷。

福斯塔夫 影子，你是谁的孩子？

影子 我是我妈妈的孩子。

福斯塔夫 你妈妈的孩子！很有可能，而且你是你父亲的影子。所以，女人的孩子就是男人的影子。常常如此啊，的确，并非父亲的血肉！[1]

夏禄 这个人你要不要，约翰爵士？

福斯塔夫 影子夏天有用。要他。——（*旁白*）因为我的兵员簿上还需要很多影子来凑数嘞。[2]

夏禄 托马斯·疣子！

福斯塔夫 他在哪？

疣子 到，长官。

福斯塔夫 你的名字叫疣子吗？

疣子 是，长官。

福斯塔夫 你这个疣子长得有损观瞻啊。

夏禄 要取他吗，约翰爵士？

福斯塔夫 我看这个疣子是多余的了，衣衫不整，形象不正。不要他啦。

夏禄 哈哈哈！你有眼光，爵士，真有眼光。佩服之至。——弗朗西斯·衰仔！

衰仔 有，老爷。

福斯塔夫 你干哪一行的，衰仔？

衰仔 我是女装裁缝，老爷。

夏禄 要不要他，爵士？

1 并非父亲的血肉（but not of the father's substance）：即可能是另一个男人的孩子。
2 为了多领军饷，长官虚报兵员人数，把已死的或子虚乌有的士兵的名字登记在册，即所谓“影子”。

福斯塔夫　可以要。可是如果他是做男装的，他会来找你啦。你会像在女裙上刺针孔那样在敌人身上捅那么多窟窿吗？

衰仔　我要尽力而为，老爷，你要多少窟窿我就戳多少窟窿。

福斯塔夫　豪言壮语，能干的女装裁缝！出语不凡，勇敢的衰仔！你将像一只愤怒的鸽子般勇猛，如一只大胆的老鼠般无畏。把这个女装裁缝录取了，夏禄先生，无论如何要录，夏禄先生。

衰仔　我希望疣子也参军，老爷。

福斯塔夫　我希望你是男装裁缝，把他改得有男人的能耐。把他这样一个虱子王招来当兵，我可办不到。就这样吧，最有魄力的衰仔。

衰仔　那就算了吧，老爷。

福斯塔夫　这就好，尊敬的衰仔。——下一个是谁？

夏禄　乡村绿地上的彼得·小公牛在哪儿？

福斯塔夫　对，我们来瞧瞧小公牛。

小公牛　到，老爷。

福斯塔夫　嗬，我敢说这条汉子大有前途！录下他，挠挠他，看他叫不叫。[1]

小公牛　啊，队长大人——

福斯塔夫　怎么啦，还没挠你你就叫？

小公牛　啊，老爷！我有病。

福斯塔夫　你有什么病？

小公牛　我得了他妈的伤风，老爷，还咳嗽，老爷，就是在国王

1　在选募新兵这一节里，福斯塔夫一直在 prick 这个词上玩双关语，prick down 的含义是在名册上给某人的名字作个记号表示录取了，但该词的本义为“刺、戳、撩拨”，在汉语中找不到这样的双关语，所以权且如此处理。——译者附注

加冕日那天我给他敲钟得的伤风，老爷。

福斯塔夫 那没关系，你可以穿着睡袍去打仗。我们一打仗伤风就跑了，我发一道命令叫你的朋友帮你敲钟。——人都齐了吗？

夏禄 比你要的还多两个呐。[1]你在这儿只招四个就够了，爵士，现在请你进去用餐吧。

福斯塔夫 好，我跟你喝杯酒，但我没有时间用餐。跟你见面真高兴，说实话，夏禄先生。

夏禄 啊，约翰爵士，你还记得我们在圣乔治菲尔德的风车酒店[2]里睡了整整一个夜晚吗？

福斯塔夫 别提那些事了，夏禄先生，别提那些事了。

夏禄 哈，那一夜可快活哪。琴·耐特渥克姑娘还在世吗？

福斯塔夫 她活得好好的，夏禄先生。

夏禄 她老是招架不住我。

福斯塔夫 招架不住，招架不住。她常说她不是夏禄先生的对手。

夏禄 我惹得她大发脾气。那时她是青楼女子嘛。现在她好吗？

福斯塔夫 老了，老了，夏禄先生。

夏禄 是啊，她肯定老了。她必定老了，当然要老。她同耐特渥克生下小罗宾的时候，我还没上克里门律师学院哩。

赛伦斯 那是五十五年前了。

夏禄 哈，赛伦斯老弟，骑士和我所见过的世面，你可没有见过啊！哈，约翰爵士，是这样吗？

1 夏禄说一共六人，但文中只提及五人。

2 圣乔治菲尔德（St George's Field）：位于南沃克（Southwark）与兰贝斯（Lambeth）之间一地区，在泰晤士河南岸，当时以妓院众多闻名。

福斯塔夫 我们听见过半夜钟声哩，夏禄先生。

夏禄 听见过，听见过，确实，约翰爵士，我们听见过。我们的口令是“哼孩子们！”好啦，我们用餐去吧，我们用餐去吧。啊，那些过去的日子！走吧，走吧。

福斯塔夫及两法官下

小公牛 巴道夫伍长大人，帮帮我吧，我送你四枚十先令的哈利法国币[1]。（递钱给巴道夫）说实话，大人，我情愿被吊死也不去当兵，大人。就我自己来说，大人，当兵也无所谓；可是，因为我很不愿意当兵，就我自己来说，我愿意同家人在一起。不然，大人，我自己无所谓。

巴道夫 好吧，站到一边去。

霉气 尊敬的伍长大人，看在我老娘的份上，帮帮我吧。我一走就没人给她干活了，她老了，一个人怎么过。我送你四十先令，大人。（递钱）

巴道夫 好吧，站到一边去。

衰仔 我可不在乎。人都死一次，人人都欠这笔死债。我绝不抱卑下的心思。命该如此就如此，随缘认命。为王子效劳，人人义不容辞，欣然从命。今年死了，明年就免了。

巴道夫 说得好，是一条好汉。

衰仔 真的，我绝不抱卑下的心思。

福斯塔夫及两法官上

福斯塔夫 嘿，先生，我带哪几个人走啊？

夏禄 你自己挑四个吧。

巴道夫 爵爷，有句话给你说：我收了他们三英镑，免霉气和小

1 哈利十先令币（Harry ten shillings）：亨利七世（Henry VII）时期的币种，后来其面值仅有当初的一半。

公牛的兵役。

福斯塔夫 好啊，可以。

夏禄 挑吧，约翰爵士，你要哪四个？

福斯塔夫 你给我选吧。

夏禄 那么就霉气、小公牛、衰仔和影子吧。

福斯塔夫 霉气和小公牛，听着：霉气，你回去在家里好好待着，等过了兵役年龄再说。——至于小公牛，等你长到成年再说。你们两个我都不要。

夏禄 约翰爵士，约翰爵士，你别搞错了。他们可是上等兵丁，我给你挑的都是最好的。

福斯塔夫 夏禄先生，你要教我怎么选兵吗？难道我看重的是手脚粗壮、身材高大、匹夫蛮力吗？我要的是精神，夏禄先生。疣子呢？你看他其貌不扬，可他攻击起来比锡匠的锤子还疾，比酿酒场的辘轳上的吊桶上上下下更快。再看这个骨瘦如柴的影子，我要的就是他这种人：在敌人面前他就像看不见的目标，敌人要击中他跟要击中裁纸刀的刀锋一样难。说到撤退，这个衰仔、这个女装裁缝该会跑得多快啊！啊，我要瘦的，壮的就免了。拿一杆枪给疣子，巴道夫。

巴道夫 （递枪给疣子）接着，疣子，瞄准。这样，这样，就这样。

福斯塔夫 好，把枪使弄好。就这样，很好，很好，太好啦。啊，我需要的正是这种又小又瘦又老又干瘪又秃头的神枪手。好啊，疣子，你是个不错的混混。拿着，赏你六便士。（递钱）

夏禄 他没有掌握技巧，动作不对。我记得我在读克里门律师学院的时候，在迈伦德训练场上[1]，在亚瑟王模拟训练中我扮演的是窦谷纳特爵士[2]，我看见一个手脚敏捷的家伙，把他的枪玩得烂熟，上膛、开火、归队，再上膛、再开火，嘴里嚷着“哗嗒嗒”、“嘣”，冲来闯去，眼明手脚快。这样的人我再也没见过了。

福斯塔夫 这几个弟兄会好好干的，夏禄先生。告辞了，赛伦斯先生。我不跟你们多说了。再见，二位绅士。有劳二位，多谢了。今晚我要赶十多里路。巴道夫，把军衣发给这几个兵。

夏禄 约翰爵士，上帝保佑你，飞黄腾达，天下太平！等你凯旋归来时，一定光临敝舍，再叙旧谊。说不定我会沾你的光到宫廷去看看哩。

福斯塔夫 好说好说，夏禄先生。

夏禄 好，我们一言为定。再会！ 下

福斯塔夫 再会，尊敬的绅士们！——巴道夫，带起兵往前走。

巴道夫、霉气、影子、疣子、衰仔及小公牛下

等我回来，我要叫这两个法官知道我的厉害。我把这个夏禄法官看透了。我们老年人多么容易犯说谎的罪过啊！这个皮包骨的法官只知道对我饶舌他年轻时如何风流放荡，如何在特恩布尔街[3]寻欢作乐，每三句话就有一句谎话，比上贡给土耳其的苏丹更准时，令人耳不暇听。

1 迈伦德训练场（Mile-End Green）：伦敦东区的一个民团训练场，现在叫斯特普尼训练场（Stepney Green）。

2 窦谷纳特爵士（Sir Dagonet）：在迈伦德训练场上训练箭术时，参加者都取一个亚瑟王的圆桌骑士的名字，夏禄取的是亚瑟王的弄臣的名字。

3 特恩布尔街（Turnbull Street）：在伦敦的克拉肯威尔（Clerkenwell）区，是小偷和妓女聚集之所。

我记得他在克里门律师学院时候的样子，活像在晚餐后的奶酪皮上雕出的一个人形。把他脱光了，看上去简直就是一颗开衩的萝卜，顶上用刀莫名其妙地挖了个人头。他奇瘦无比，视力不好的人根本看不见他的身形轮廓。他是饥饿的幽灵，完全是个落伍者。而今这把丑角手中的木剑[1]却摇身一变成了乡绅，谈起冈特的约翰语气亲密得好像他俩是结拜兄弟，我发誓他仅仅在蒂尔特竞技场[2]见过他一次，当时他拼命往里挤还被司礼官的卫士打破了头。这我亲眼看见的，我还对冈特的约翰说夏禄比他的名字还要瘦[3]，你可以把他连人带衣服一起塞进一条鳝鱼的皮里，而高音笛的盒子就广如他的宅邸、他的宫殿。而今他居然牛羊成群，田地广大。对，我打完仗回来要和他混熟，我要把他变成我的点金石，否则我发不了财。如果大鱼吃小鱼是自然法则的话，我没有理由不照此法则办，也咬他一口。我言止于此，让时间造就时势吧。

下

1 英国旧时道德剧里象征罪过的丑角常握一柄短小的木剑。
2 蒂尔特竞技场（Tilt-yard）：伦敦白厅附近一比武场。
3 “冈特”的英文为 Gaunt，有“瘦削”之意。

第四幕

第一场　/　第十景

约克郡以北高尔特里森林

约克大主教、毛勃雷及海司丁斯上

约克大主教　这座森林叫什么？

海司丁斯　回大人的话：这是高尔特里森林。

约克大主教　各位大人，我们在此停留，
派几个探子前去探听敌军的人数。

海司丁斯　已经派人去了。

约克大主教　那就好。
共举大事的朋辈弟兄们，
我须告知你们我已收到
诺森伯兰刚送达的信札。
其措辞冷漠，
其大意如此：
他本来希望募一支大军，
其实力同他的身份相称，
并亲身率领，然未如愿，
已远避苏格兰养精蓄锐；
最后祈祝我们力克险阻，
战胜凶顽而奏凯旋之音。

毛勃雷　我们寄托在他身上的希望，
就这样落地而摔得粉碎了。

一信差上

海司丁斯 有什么消息？

信差 在森林以西不到一里处，
阵容整齐之敌汹汹而来。
从他们占据的范围判断，
我估计人数差不多三万。

毛勃雷 恰恰如我们预计的人数，
我们前进吧，与敌交战。

威斯特摩兰上

约克大主教 哪一位将领负命来我阵前？

毛勃雷 我想是威斯特摩兰伯爵吧。

威斯特摩兰 我的主帅兰开斯特公爵约翰亲王殿下，
着我问候各位安康。

约克大主教 威斯特摩兰伯爵，
心平气和告诉我你的来意。

威斯特摩兰 主教大人，请听我言。
如果叛乱的真面目
在乌合乱众中显现，
嗜血青年，假义愤之名，
无赖小子，竞呼啸响应，
如果暴乱以其本来面目、
原原本本毕现其真容，
可敬的神父、各位贵爵，
你们绝不至于与浊合流，
以你们的煌煌的荣耀，
为血腥卑劣的作乱掩饰。
主教大人，

你的教职赖于天下靖安，
你的银须为太平所点染，
你的学识习于和平之境，
你的白教袍象征着纯洁，
代表神圣的和平之精神，
你为何将优雅和平之语
逆转为刺耳喧嚣的战叫？
为何弃经卷而趋坟场，
化墨水为鲜血，
换笔杆为长矛，
神圣舌头变成震耳军号？

约克大主教 我为何出此一着？
对于你的疑问，
我的简捷回答是：
我们都有病。
放荡荒淫的生活使我们发高烧，
为治病，我们必须让鲜血流淌，
已故的理查王即染此病而身亡。
然而，最尊荣的威斯特摩兰伯爵，
我并不以医生自居，我也并非
和平之敌，虽然我身在行伍间，
我仅暂用可怕的战争为剂疗疾，
节制腐败的身心不再耽于安乐，
荡涤阻塞生命血管的淤积污垢。
请听我明言：我在公正的天平上，
准确衡量过用武之祸害相比于
我们身受的屈辱，孰重孰轻，

发现我们的冤情远大于过咎。
我们看见了潮流的发展方向，
迫于强大时势而弃个人苟安，
集我们的全部愤懑列于条款，
一旦时机适当，将昭告天下。
我们早就向国王表陈过此情，
但我们的诉求从未幸蒙圣听。
当我们蒙冤欲申诉，
求见国王而屡被拒，
阻我面见国王者，
竟是加害我甚者。
刚过的危机，
留下血写的记忆，
眼前的险情，
正分分秒秒演绎，
不得已我们披上了这身戎衣，
绝非要破坏和平的一枝一叶，
而是要缔造
名副其实的和平。

威斯特摩兰 什么时候你们的吁请被拒？
竟使王上为此而得罪你们？
哪一位同僚借势排挤你们，
以至于你们把神圣的准印
盖在血淋淋的叛乱之书上？

约克大主教 为天下父老兄弟之利
我在所必争。

威斯特摩兰 他们无需救星，即使需要，那也轮不到你。

毛勃雷 为什么这不是他的，
也是我们大家的责任？
感往日创痛，受今之酷政，
铁腕重压，公道扫地，
我们的荣尊丧失殆尽。

威斯特摩兰 啊，可敬的毛勃雷勋爵，
将这一切理解为
时势的必然吧，
这样你就会说伤害非王上所为，
而是形势所致在所难免。
但就你而言，
你毫无理由抱怨。
令人追怀的令尊、
诺福克公爵的封地，
不是已经全部赐还给你？

毛勃雷 我的父亲从未丧失过他的声誉，
有必要在我辈恢复未失之物吗？
先王宠信他，
然迫于当时情势，
一时冲动之举，
不得已而放逐了他；[1]
因亨利·波林勃洛克与他交战，
二人立马横枪，战马萧萧疾鸣，

1 理查二世放逐了毛勃雷的父亲和亨利·波林勃洛克，以免二人在战争中交手，此事见于《理查二世》一剧。

只见战盔冠顶，仇目如火相视，
号角声声催战，二将伺机欲击，
千钧一发之际，
我父只一猛刺，
必定置波林勃洛克于死地无疑，
啊，此刻先王将他的御杖掷地——
他扔下了他的性命所系的御杖——
自此之后他自己及所有其他人，
成为波林勃洛克暴政的牺牲品。

威斯特摩兰 毛勃雷勋爵，你言不由衷。
赫里福德公爵[1]当时在英国，
是最勇武的骑士，
声名远播天下。
谁知道命运会面向谁微笑？
可是即使令尊在战场获胜，
他的胜利绝出不了考文垂，[2]
因为国人齐声倾愤恨于他，
献祝福和爱戴与赫里福德，
对他仰慕胜过当时的国君——
可这些议论无关我的使命。
奉我军尊帅之命我来听取
你们有何怨言，他欲亲聆，
如你们所求正当，
他则依允，

1 赫里福德公爵（Earl of Hereford）：即波林勃洛克。
2 考文垂（Coventry）：英国中部一城市，当时交战之地。

摒弃前嫌，
化敌意为友善。

毛勃雷 这是他迫于无奈给我们的允诺，
是老谋深算之计，非出自诚意。

威斯特摩兰 毛勃雷，你的见解太过偏激。
这样允诺出于善意而非惧怕。
看呀，视野之内皆我军兵将，
凭名誉起誓，个个士气高昂，
容不得丝毫畏惧胆怯的念头。
我军人才济济，你们乌合之众，
我军训练有素，你们兵弱将稀，
我军甲胄同样坚牢，师出有名；
所以我们踌躇满志万众一心。
你休说我们的恩允出于被迫。

毛勃雷 嘿，我意已决，我们拒绝谈判。

威斯特摩兰 那只能说明你罪孽深重不可救药：
如一只破箱子，怎么也提不起来。

海司丁斯 约翰亲王是否能，
全权代表其父，
倾听并接受，
我方所提出的条件？

威斯特摩兰 这正是主帅的尊意，
我奇怪你有此疑虑。

约克大主教 既然如此，
威斯特摩兰伯爵，
请带回这一纸冤情申述，
（递过一张纸）

上罗列我们所有的冤屈，
如按这些条款甄别平反，
所有参与我军举事之众，
依法永不追究一律赦免，
立即实现我们心之所愿，
我们就重归为臣的本分，
以我军之力助和平之臂。

威斯特摩兰 我将此函带给我帅。
并请各位大人在两军阵前，
同我们相晤，愿上帝相助，
双方言和，否则交战，
何去何从必须决断。

约克大主教 伯爵，我们会来的。 威斯特摩兰下

毛勃雷 我内心的感觉告诉我，
我们的和平条件难以确立。

海司丁斯 这你无须多虑。
如我们能在如此优厚的条件下，
取得和平，并坚守我们的条件，
我们的和平将固若耸立的高山。

毛勃雷 说得对，但我们恐难取信任，
任何捕风捉影无中生有之衅，
所有鸡毛蒜皮无聊琐碎之由，
都将令国王对此事记忆犹新，
即使我们为效忠王室而殉身，
如在狂风中扬谷，
谷稗难择难分，
黑白不辨，是非不明。

约克大主教 不，不是这样，大人。
问题是：国王已经厌倦于
求全责备于细微末节，
因他发现消灭一个可疑者，
结果又树立两个更可疑者，
所以他想清除失败的记忆，
以免触痛旧事，
以避重演历史。
他完全明白不可能凭猜忌，
把国中异己剪除干净，
因为他的朋友和敌人，
并非泾渭分明，
除去一个敌人的同时，
他就失去一个朋友，
正如一个悍妇激怒丈夫，
他正要打她，
她把婴儿高举悬空，
警告他立即收手。

海司丁斯 再者，国王近来为排除异端，
不遗余力，以至于大伤元气，
现在无力再兴挞伐，
如失去利齿的狮子，
虚声威吓而无实力。

约克大主教 确实如此，司仪大人，
你大可放心，
只要我们眼下重修旧好，
和平将会如折臂之重接，

因其被折而长得更茁壮。

毛勃雷 但愿如此。
威斯特摩兰伯爵回来啦。

威斯特摩兰上

威斯特摩兰 亲王正在附近等候，
请大人到两军阵前见殿下。

毛勃雷 皇天在上，约克大主教，你请前去吧。

约克大主教 请阁下先行向殿下致意。——我们即刻就到。

约翰亲王及侍从上

约翰亲王 幸会幸会，毛勃雷阁下。——
吉日安好，尊敬的大主教。——
海司丁斯勋爵及诸位，日安。——
约克大主教，当你的信众
闻钟声而齐聚你的周围，
满怀崇敬听你讲经布道，
那情景于你是如此神圣，
而此时见你身披铁甲，
鸣战鼓啸聚一帮叛逆，
《圣经》易为刀枪，
生命化为死亡，
这与你的身份太不相当。
一个深得君王宠信的人，
沐浴浩荡皇恩而握权势，
一旦恃宠而谋不轨，咳！
位高权重，他可作大乱！
主教大人，你正是如此。
谁未曾听说你深谙圣典？

对于我们，
你是上帝的代言人；
对于我们，
你的声音就是上帝之声，
以神性圣性启众生蒙昧。
啊，谁会相信你竟滥用权势，
如佞臣窃用君主的名义为恶，
你借上天之名而行不仁不义？
乘着对上帝的虚假狂热，
作为上帝代理的父王的子民，
已被煽动而起，嚣嚣聚集，
扰乱上天安宁，谋反国君。

约克大主教　尊贵的兰开斯特公爵，
我并非来此扰乱令尊的安宁，
我已告知威斯特摩兰伯爵，
众所周知，
为当今乱局所迫，
我们不得已聚众而行非常之举，
以图自保平安而已。
我已呈书殿下诉我们的冤屈，
此前我们的陈请被王上拒绝，
这正是多头战魔[1]出世的缘由，
只要正当正义的诉求获恩准，
战祸即消弭，天下皆臣服，
我们归顺君王，效忠社稷。

1　多头战魔指希腊神话中的魔怪许德拉（Hydra），一头被砍又生两头。

毛勃雷 否则我们准备一赌命运，
直至最后一个人。
海司丁斯 即使我们此战失利，
我们有后援支持；
若他们落败，也后继有人，
如此战乱不休，
争斗代代绵延，
只要英国子嗣不断。
约翰亲王 你太浅薄，海司丁斯，太浅薄，
无能力预言未来之事。
威斯特摩兰 请殿下直接明告他们，
你对他们的条件的看法。
约翰亲王 我同意所有的条件，完全赞同，
我在此凭我的高贵血统起誓，
父王初衷遭误解，有人曲解旨意，
滥用他的权威。——
（对主教）主教大人，冤屈将从速昭雪，
以我的生命起誓，冤情必申。
如你对此满意，即请你
将你的军队遣返乡里，
我们也将撤阵退兵，
在两军之前，饮言和之酒，
拥抱而冰释前嫌，化恨为爱，
让众将士怀友善而归。
约克大主教 我相信王子一诺千金。
约翰亲王 我既允诺，必无戏言。
为此，这杯酒祝阁下尊安。（给主教敬酒）

海司丁斯	快，队长，传和平消息给将士， 发给他们军饷遣回家乡， 大快人心啊。快啊队长。　　队长下
约克大主教	祝尊贵的威斯特摩兰伯爵大安。（向威斯特摩兰敬酒）
威斯特摩兰	（给主教敬酒）回敬阁下美意，如您知道 我为和平费了多少心血， 您定会为和平开怀畅饮。 我敬慕你，言出衷心。
约克大主教	我深信不疑。
威斯特摩兰	承蒙厚意。—— 我为贤弟毛勃雷的健康干杯。（给毛勃雷敬酒）
毛勃雷	此刻祝我健康恰逢其时， 因我突然感到有点不适。
约克大主教	厄运降临前而人常乐， 喜事欲来而人反郁抑。
威斯特摩兰	所以快活起来吧，老弟， 蓦然愁绪预“明日之喜”。
约克大主教	信我一言，我此刻非常愉快。
毛勃雷	照你的说法，这是不祥的预感。
约翰亲王	和平的消息已经宣布。听啊，他们一片欢呼！
毛勃雷	胜利之后这样欢呼才鼓舞人心。
约克大主教	和平的本质即战胜， 因双方皆体面屈服， 无人失败无人亏输。
约翰亲王	（对威斯特摩兰）去吧，伯爵，遣散我军。—— 威斯特摩兰下 （对主教）主教大人，如您乐意，

让两军的队伍由此开过，
我们可以检阅这些兵卒，
他们险些交战而相杀戮。

约克大主教 去吧，海司丁斯勋爵，
军队遣散前由此经过。 海司丁斯下

约翰亲王 各位大人，无疑我们今夜要一起下榻了。

威斯特摩兰上

贤卿，为何我们的军队原地不动？

威斯特摩兰 众军官因奉殿下之命坚守阵地，
要亲聆殿下口谕，才愿意撤离。

约翰亲王 他们尽忠尽职。

海司丁斯上

海司丁斯 我们的军队已经遣散，
一个个像解套的牛犊，
朝东南西北各奔前程，
又像放学的孩童嬉笑回家。

威斯特摩兰 大好消息，海司丁斯勋爵，
为叛国重罪，逆贼，我逮捕你。——
还有你大主教，你毛勃雷勋爵，
我以叛国大罪把你俩逮捕。

毛勃雷 难道这种手段正当正派吗？

威斯特摩兰 难道你们啸聚作乱正当正派吗？

约克大主教 你要背信弃义吗？

约翰亲王 我对你无任何信义之诺，
我只答应补偿你们的怨诉，
凭我的荣誉为誓，我将以
基督的博爱之心付诸实施。

可你们叛逆之罪难赦，
必受应得之惩处。
兴兵作乱，乌合之众四散。
敲起我们的战鼓，
追击逃散之残敌。
今日乃天助我胜。
来人，把乱贼押往刑场——
叛逆气绝葬身之宿地。 众人下

福斯塔夫及科尔维尔分别上

福斯塔夫 请问大名，先生？是何身份？贵乡何处？

科尔维尔 本人是一名骑士，将军，名叫科尔维尔，出身山谷县。

福斯塔夫 也就是说，科尔维尔是你的名字，骑士是你的等级，山谷是你的家乡。你的名字将依然是科尔维尔，你的级别是叛匪，你的居所将是牢房，深如洞穴的牢房，所以你将依然是山谷里的科尔维尔。

科尔维尔 你不就是约翰·福斯塔夫爵士吗？

福斯塔夫 和他本人一样是个好汉，先生，不管我是谁。你要投降呢，还是要我为你而流一身汗？如果我流汗，那滴滴汗珠就是你的亲友的泪珠啊，他们在为你的死而洒泪。所以，恐惧吧，颤抖吧，向我求饶吧。

科尔维尔 我想你就是福斯塔夫爵士，为此我向你投降。

福斯塔夫 因为我的肚子令众人摇舌鼓唇，所以我的名字无人不知。要是我的肚子很普通的话，我简直就是欧洲的俊杰了。我这肚子，我这个肚子，都是我的肚子误了我的前程。我们的将军来啦。

约翰亲王及威斯特摩兰同勃伦特、余众上

约翰亲王 激战到此结束，不用再追击。

传令军队归营，威斯特摩兰贤卿。 威斯特摩兰下
嘿，福斯塔夫，这么久你到哪里去啦？
都结束了，你回来了，偷懒误公干。
我以性命担保，你总有一天，
会以压垮一座绞刑架而告终。

福斯塔夫 我很遗憾，殿下，但我早知如此下场：我知道对于勇敢的报偿只有申斥和责难。你以为我是一只燕子、一支箭或一颗子弹吗？你以为我的年迈而不便的行动快如思想吗？我已以我最快的速度赶到这里。我一路骑跛了一百八十多匹驿马，风尘劳苦，尽管如此，我以无懈可击的纯粹的勇气，亲手擒来了山谷县的约翰·科尔维尔爵士，他可是一个凶悍无比的骑士、一个勇武的敌手。可是那又怎么样？他一看见我就投降了，所以我可以像罗马的那个长鹰钩鼻子的人[1]一样说，"我来到，我看见，我征服。"

约翰亲王 这是他出于礼貌，而非你名副其实。

福斯塔夫 这我不知道。人在这儿，我交给您了。殿下，我求您把我这件事也记上今天的功劳簿，不然的话，我发誓要专门编一首歌谣来唱颂此事，封面上印我的肖像，科尔维尔在吻我的脚。[2]如果我被迫这么做，你们所有的人都会在我面前相形见绌，像镀金的伪金币，而我在荣誉的朗朗天际闪耀，叫你们黯然失色，如皓月之夺群星之辉。要是我不这么做的话，高贵者说的话都不算数了。因此，让我享应得的权利，功高者高升吧。

1 这个人指凯撒。
2 当时歌谣通常配以木刻画。

约翰亲王 你太重了，升不上去。

福斯塔夫 那就让我的功勋大放光芒吧。

约翰亲王 你太肥厚，光芒透不过。

福斯塔夫 我的好殿下，您叫它功劳也好或其他什么也好，总要给我些好处吧。

约翰亲王 你的名字叫科尔维尔吗？

科尔维尔 是的，殿下。

约翰亲王 你可是一个名声在外的叛贼啊，科尔维尔。

福斯塔夫 而一个有名的忠臣抓住了他。

科尔维尔 如殿下所言，我受制于上司，
才落得如此下场，
如我指挥他们，你将不能轻取我们。

福斯塔夫 我不知道他们如何卖身，可是你，慈善心肠啊，把自己也奉送了，我为得到你而感谢你。

威斯特摩兰上

约翰亲王 追击停止了吗？

威斯特摩兰 军队已经撤回，流血就此终止。

约翰亲王 把科尔维尔和他的同伙
押送到约克，立即处决。——
勃伦特，你押他去，看紧点。

勃伦特及其余众人押科尔维尔下

各位大人，我们现在速回宫去，
我听说父王病情危重，
好消息应先于我们告慰陛下，
（对威斯特摩兰）贤卿，你快把喜讯带回宫闱，
我们随后班师回朝凯旋而归。

福斯塔夫 殿下，请恩准我取道格洛斯特郡回去，您回到宫廷，我

的好殿下，求您务必替我美言几句。

约翰亲王 告辞了，福斯塔夫。以我的秉性，
我要把你褒扬备至，超过你应得之誉。

除福斯塔夫外众人下

福斯塔夫 我愿您拥有才智，而不是公爵的地位。说真的，这个头脑冷静的年轻人不喜欢我，也没有人能逗他开笑颜。可是这也难怪：他不喝酒呀。这种老成持重的孩子从来没什么出息，因为他们喝的饮料淡而无味，使他们的血液冰冷冰冷；他们吃很多鱼，使他们得了一种男性贫血病[1]，到后来结婚生子，就全生姑娘。他们一般都是傻瓜和懦夫，假如我们这些人不喝酒以唤起激情的话，也会跟他们一个样。一杯上等白葡萄酒本身具有双重功用：它上达头脑，把弥漫其中的呆愚恶浊之瘟气一扫而空，使之聪慧灵秀、才思敏锐、想象力驰骋、激情昂扬而意境愉悦，一经诉诸言辞，便大智夺人。好酒的第二个功效是温暖血液，饮酒前人的血液是冷滞的，致使肝脏苍白，这正是懦弱胆怯的征兆。可是酒一下肚，血液发热，由内致外，畅流全身：于是容光焕发，满面生辉，如灯塔之光，召唤“人”这个小王国全体动员，操戈而起。这样，民众不分贵贱，云合响应，聚集在主帅——心灵的周围，声势浩大，敢作敢为，其勇气皆来自于酒。所以，武艺无酒则无用，学问无酒如一堆被魔鬼把守的黄金，枉然无济于事，除非借酒力助学问以经世。就此而论，哈利王子之所以勇武，是因为他从父亲身上继承的冷血，如贫瘠不毛的土地，经好酒的不断浇灌，他才变得血气

1 按当时的说法，姑娘易患贫血病而致脸色青癯。

方刚、勇猛无畏。假如我有一千个儿子，我要教他们的人生第一原则就是摒弃淡饮、独嗜烈酒。

巴道夫上

情况如何，巴道夫？

巴道夫 军队已经遣散，全回家去了。

福斯塔夫 让他们去吧。我要途经格洛斯特郡，前去拜访罗伯特·夏禄先生。我已经能玩他于我的股掌之间，很快我就叫他言听计从。走吧。 同下

第二场 / 第十一景

威斯敏斯特大教堂内的耶路撒冷寝宫，在此剧中转移至宫廷

亨利四世、沃里克、克拉伦斯及格洛斯特上

亨利四世 各位贤卿，如上天助我，
赢得这场血流家门之战，
我们将率领青年们奔赴
更崇高的战场，为圣灵
而挥舞刀枪，踏上征程。
战船待命出航，军队集结整装，
代理国政的官员已委派，
一切如愿，人人养精蓄锐，
稍待时日以期叛乱平息，
反贼就擒即见内衅安定。

沃里克 毫无疑问，
这两方面陛下将很快如愿以偿。

亨利四世 我儿格洛斯特的汉弗莱，
你的王子兄弟在哪里？

格洛斯特 陛下，我想他去温莎打猎了。

亨利四世 谁陪他去的？

格洛斯特 我不知道，陛下。

亨利四世 他的兄弟托马斯·克拉伦斯不是同他在一起吗？

格洛斯特 没有，尊敬的陛下，克拉伦斯正恭候在此。

克拉伦斯 （上前）父王有何吩咐？

亨利四世 别无他，我只希望你好，
托马斯·克拉伦斯。
你怎么没有同你的王子哥哥在一起？
他爱你，而你却怠慢他，托马斯。
在所有兄弟中，
他对你最有手足情。
珍惜他的这番情谊吧，我的孩子，
我死后你能在他的皇威和兄弟之间，
发挥可贵而重要的调和疏通的作用。
所以不要忽视他，
不要辜负他的爱，
也不要因冷待或轻慢他的旨意之故，
而失去他的恩宠。如敬之重之爱之，
他则仁爱而宽厚，为人洒同情之泪，
助人而乐施援手，慷慨如白昼之明；
然而一旦他被激怒，他就顽如燧石，
乖戾如严冬，

如凌晨突起一阵冰风。
所以必须迁就他的脾气，相机行事，
当他心情愉悦时，可指陈他的过失，
但不失对他的尊重；如他情绪抑郁，
则任他尽情宣泄，如一条鲸鱼搁浅，
自耗情尽，力竭而停。
谨记这点吧，托马斯，
你将护荫你的众亲友，
像一个金环紧系兄弟，
使你们的血脉永不断，
纵使日久难免生谗言，
其毒如乌头[1]烈如火药，
亦难使同胞之情离间。

克拉伦斯 我将以最大的关切和挚爱敬重他。

亨利四世 你为什么不同他一起待在温莎，托马斯？

克拉伦斯 他今天不在那里。他在伦敦用餐。

亨利四世 谁同他在一起？你知道吗？

克拉伦斯 波因斯和不离他左右的随从。

亨利四世 最肥沃的土壤最易滋生杂草，
他正是我年轻时的高贵影子，
已被杂芜所掩没，困身其中：
所以我为我身后之事而忧虑。
当我与列祖列宗长眠地下时，
你将无所依恃直面混沌之局，
设想种种情状，

1 乌头：即乌头草，一种烈性毒药。——译者附注我泣血于心。
当他的莽撞和放纵毫无节制，
当他的暴躁和张狂任由肆恣，
当大权和放任无度一旦合流，
啊，他将怎样张开情兴之翅，
扑向迎面之险，与死亡对撞！

沃里克 贤明的陛下，您对他言重了：
王子只是在审视身边的人，
如学一门外语，为求精通，
最不雅的字词也需知其意，
而一旦掌握，便再也不用，
所谓知之愈深，
则恨之愈切。
所以，如摈弃粗鄙的词语，
王子到时候将与此辈分手，
而对他们的记忆将会留存，
作为殿下日后识人的借鉴，
化旧恶为利，祛害而获益。

亨利四世 蜜蜂很难离开，
造于腐尸里的窝。[1]

威斯特摩兰上

谁来啦？威斯摩兰？

威斯特摩兰 恭祝陛下圣安，
喜讯频传不断！

1 典出《圣经·旧约·士师记》第 14 章第 8 节，参孙（Samson）在狮子的尸体里发现一个蜂窝，喻指即使在腐败的环境里，人们也很难放弃逸乐。

约翰亲王吻陛下御手示敬。
毛勃雷、斯克鲁普主教、
海司丁斯及其全部党羽，
已被圣王之法严惩不贷。
天下已无叛匪出鞘之剑，
和平的橄榄枝遍插国中。
此次戡乱之战详备之情，
请陛下从容过目此奏函。（递函）

亨利四世 啊，威斯特摩兰！你是夏天之鸟，
总在残冬之后，
唱迎明媚的时光。

哈科特上

瞧，又有消息了。

哈科特 天佑陛下，无敌相侵，
若敌患胆敢犯您，
其下场必遭覆亡，
同我要说的反贼一样。
诺森伯兰伯爵和巴道夫勋爵，
所率英国人和苏格兰人劲旅，
已被约克郡的郡吏一举击溃：
战斗详情，请陛下阅此信札。（递函）

亨利四世 为什么这些喜讯反使我病体不安？
难道命运之神从不双手携福而来，
而以最粗鄙的字句写下佳音吉言？
她要么给人好胃口，却不给食物——
这就是人穷而体健——要么予人
美味盛筵，却夺人食欲——

这就是人富而无口福，
家藏万贯，无以消受。
此刻我应闻喜讯而欣然，
却眼花头眩，天呀，快来，我发病啦！

格洛斯特 陛下勿虑！

克拉伦斯 啊，父王！

威斯特摩兰 陛下，打起精神，昂起头来！

沃里克 各位亲王，不要担心，陛下常发病。
站开点，让他缓过气，
过一会儿他就好啦。

克拉伦斯 不行，他坚持不了多久：
巨大的病痛、无穷的忧虑、
过度的操劳，摧朽其躯壳，
命难以维系，生即将流逝。

格洛斯特 世人的传言令我惊怕，
目睹天孕奇子，畸婴异儿出世；
季节反常乖怪而无序，
就如一年中少了几个月份。

克拉伦斯 河水连涨三次而无退潮，
老人们如岁月的活历史，
说我们的曾祖父爱德华，
病逝之前也显如此先兆。

沃里克 轻声点，各位亲王，国王醒过来了。

格洛斯特 这次中风肯定会要他的命。

亨利四世 请你们把我扶起来，
搀到另一个房间里。请轻一点，
不要吵闹，好友们，

除非谁的温柔的手奏轻柔一曲，
以慰藉我的疲惫而劳顿的心神。

沃里克 （对仆人）传令在隔壁宫室里奏乐。

亨利四世 把王冠放在我的枕头上。（王冠被置于枕上）

克拉伦斯 他的眼睛深陷，容颜大变。

亨利四世 别吵，别吵！

亨利王子上

亨利王子 谁看见克拉伦斯公爵？

克拉伦斯 我在这儿，兄弟，满心悲哀啊。（哭泣）

亨利王子 怎么啦？屋里泪雨飞，
外面艳阳天？父王怎么啦？

格洛斯特 病情非常危重。

亨利王子 他听到喜讯了吗？
快快告诉他。

格洛斯特 一听到喜讯，他就犯病了。

亨利王子 如果因乐极而病，他会不药自愈。

沃里克 声音不要这么大，各位亲王。——
殿下，说话小点声，您父王想睡一会儿。

克拉伦斯 我们到另一间宫室里去吧。

沃里克 殿下同我们一起去吗？

亨利王子 我不去，我要在此看护父王。 除亨利王子外均下
王冠放他枕上，不安睡伴怎同床？
啊，灿烂的烦恼，闪金光的忧虑！
多少不眠之夜，梦乡门大敞！
此刻与王冠同眠吧，
然戴简陋睡帽者睡得比你香。
啊，威凛的王权！

你紧箍戴冠的王者，
如酷热天坚甲在身，
既灼烤人又护卫人。
他的嘴边有一细须，
此刻竟然纹丝不动：
如果他的确在呼吸，
这根轻毛必定会动。
贤明陛下、父亲啊，
您睡得好酣然深沉。
有多少个英国国王，
这一睡而永别王冠。
啊，我亲爱的父亲，
我奉献给您的是出自
天性、至爱和孝心的
涟涟泪水和沉沉哀思，
您传我的是这顶王冠，
因我是您的骨肉之亲。
（戴王冠于头顶）
看啊，王冠加我头顶，
将受上天之保佑护卫，
纵使巨臂如天也难夺我血脉之誉。
皇祚之传万代不绝，您传我我传后。 下

亨利四世 沃里克！格洛斯特！克拉伦斯！（醒转）

沃里克、格洛斯特、克拉伦斯上

克拉伦斯 王上在喊吗？

沃里克 陛下有何吩咐？贵体安好吗？

亨利四世 你们为什么都离我而去，诸位贤卿？

克拉伦斯	我们留下王兄在此， 在您身边看护您，陛下。
亨利四世	威尔士亲王？他在哪里？叫他来见我。
沃里克	这扇门是打开的，他从这儿出去的。
格洛斯特	他没有经过我们所在的那间宫室。
亨利四世	王冠呢？谁把王冠从我的枕头上拿走了？
沃里克	我们离开时，陛下，王冠就放在这儿的。
亨利四世	肯定是王子把王冠拿走了。 快去找他来。 难道他如此迫不及待， 以为我长眠不醒了吗？ 去找他，沃里克贤卿， 好好教训他一顿。　　　　沃里克下 我身患重病， 他竟然如此， 简直要我的命。嘿嘿， 孩儿们，你们怎么啦， 一旦看见闪闪的黄金， 天性很快就叛道离经！ 溺爱的蠢父们费心机， 绞尽脑汁，不辞辛劳， 积攒了万贯铜臭家财， 一心供孩儿学文习武， 竟然落得个如此下场。 如工蜂采百花以酿蜜， 嘴衔腿负蜜汁回蜂房， 劳作一生，黯然而亡。

甜换来苦，我之下场。

沃里克上

那个唯恐疾病迟迟不
夺我老命之徒在哪里？

沃里克 陛下，我在隔壁宫室里找到他，
正以泪洗面，哀痛欲绝，
其悲情之深，动人恻隐，
即使嗜血的暴君睹此景，
也会泪溅屠刀心生怜悯。
他来啦。

亨利四世 可是他为什么拿走我的王冠？

亨利王子携王冠上

瞧，他来啦。——过来，哈利。——
你们都出去吧，留我们俩在这儿。

沃里克、格洛斯特、克拉伦斯下

亨利王子 我绝没有想到还能听见您的声音。

亨利四世 哈利，你所愿所想，我烦你久等了。
难道你如此渴求我的王位，
以至于时辰未到你就非得
褫我之尊荣以自诩自饰吗？
啊，傻孩子！你将消受不了
你所追求的显赫隆荣之威。
少安毋躁，我的权势如弱风轻云，
一旦风无力，将很快坠陨。
我的白昼已黯然。你所窃，
几小时后将为你合法所有，
而在我临死时，我的担忧

却被你的行为所证实确凿。
你平生对我未显爱父之情，
令我至死犹记你忤逆之心。
万千匕锋藏于你头脑之中，
在你硬石的心上砥磨尖利，
以谋害我所剩半小时之命。
怎么？你不容我活半小时？
那你快去亲手为我掘墓吧，
令欢乐钟声报你加冕而非我亡，
让洒我灵柩之泪为你加冕圣油，
将我混之于被遗忘的埃土，
弃予你生命之人于蝼蚁吧。
罢我的命官废我的令律吧，
因嘲弄礼规的新时代到了。
亨利五世登基加冕为王了。
喧嚣浮华颓风，萎靡王室威仪，
你们这些德高望重的朝臣，
从此远避！现在英国朝廷
大肆收罗天下的蠢夫愚氓！
嗨，邻邦，把败类赶出来：
凡是酗酒生事、通宵宴乐、
抢劫杀人、以最新的手段
犯下最古老的罪孽之歹徒，
此类人等，你们国中有吗？
放心，他们不会再骚扰你。
英国将为他们的三重罪过
镀上两重金辉、双倍美饰。

英国将封他们以高官显爵，
因哈利五世去制约之缰策，
无羁野犬必利牙伤及无辜。
吾国饱受内乱之苦，可怜啊！
我在世时的操劳难平国乱，
我之后无人操劳国将奈何？
啊，吾国将返为蛮荒之地，
老狼出没街衢，人迹寥寥。

亨利王子　啊，陛下恕我！
若非我的眼泪，
这润泽的障碍，
噎阻我有口难言
在您悲怆地厉声呵斥我之前，
我不会缄默而不为自己申辩。
您的王冠在此，（置王冠于枕上）
唯愿佩冠者
永生永世不弃不离长有长享。
假如我心贪求高于您的荣威，
让我在您面前就此长跪不起，（跪地）
出于耿耿忠心，
我愿俯首屈身。
上天可鉴，当我走进来之时，
见陛下已无气息，我心灰冷。
若有半句虚言，啊，我立死
于眼前的窘境，此生无面目
以对世人的冷眼，前程尽毁。
进来看望您，以为您已作古，

我痛不欲生，陛下，斥王冠，
仿佛它有知觉："父王为你而
心劳力瘁，您这最好的黄金
却成了最劣的黄金。别的金，
不如你纯，却可入药保性命，
比你珍贵。而你最纯最高贵、
也最有名，却害了你的主人。"
圣上，我一面责骂一面戴冠，
而作为王位的真正的继承人，
我要当面向害死父王的仇人，
讨还这滔天血债，为父雪恨。
可是假如王冠令我喜极而狂，
令我头脑膨胀，骄矜而自傲，
假如我有丝毫的悖逆或虚妄，
一心贪慕王冠王权威风堂皇，
那就让上天罚我永不得戴冠，
如最卑微的奴仆，
我诚惶诚恐，
我战战兢兢，
跪伏在王冠面前！

亨利四世 我的儿呀，
上天使你生此念头，
拿走王冠，
经你机智的辩解，
更博父爱！
过来，哈利，坐在我的床边，
听我最后的嘱言。

（亨利王子起身）
上帝知道，
我以怎样奸诈手段谋得王冠，
我自己知道王冠戴得多忧烦。
王冠将稳妥传戴在你的头上，
民心民意所归，
天下皆服膺，
因为窃夺权位时的斑斑劣迹，
将随我而去，
入土埋葬干净。
王冠于我不过是豪夺的尊荣，
许多曾助我者斥我独占独贪，
宫中人言扰扰，
以至动刀兵，
打破了国中表面的和平安宁。
你目睹了我冒生死应对危难，
我这一朝犹若一出武戏上演。
而今我一死，
则情势也大变，
我所篡夺的现由你合法继承。
你戴上这花冠，名正而言顺。
虽然你的地位比我当初稳固，
却并非无懈可击，高枕无忧，
因为有人还耿耿于怀恨未消，
而那些你必须当成朋友的人，
我刚把他们的凶牙利刺拔掉，
当初借他们的势力我登王位，

我担心他们以势欺主将我废，
为护王位我削弱他们的势焰，
并打算遣许多人到圣地作战，
以免他们身近皇祚闲而生事。
所以我的哈利，你的对策是：
频开外战以牵制他们的心思，
或可淡漠他们往日不悦之忆。
我言犹未尽，但无力再多说。
啊，上天恕我不择手段夺位！
但愿你平安继位，四海晏清！

亨利王子 尊贵的陛下，这顶王冠，
您赢得，您佩戴，长保不失，
传之与我，
我必合法据有之；
我将不遗余力维护之永保之。

约翰亲王上，沃里克随后上

亨利四世 瞧啊，我的兰开斯特的约翰来啦。

约翰亲王 恭祝父王健康、平安、快乐！

亨利四世 你给我带来了快乐和平安，约翰我儿，
可是健康，唉，已展开年轻之翼，
飞离了我这老朽之躯。看见了你，
我此生在尘世的俗务就可了结了。
沃里克伯爵在哪里？

亨利王子 沃里克伯爵！

亨利四世 我刚才晕倒在里面的宫室，
叫什么名字？

沃里克 叫耶路撒冷宫，尊敬的陛下。

亨利四世 赞美上帝！我必在此寿终。
多年前有预言我将死在
我枉然视为圣地的耶路撒冷。
抬我进此宫室，我要去睡卧。
哈利命终之地，
必在耶路撒冷。

众人下

第五幕

第一场　/　第十二景

格洛斯特郡夏禄法官家中

夏禄、赛伦斯、福斯塔夫、巴道夫、童仆及台维上

夏禄　我发誓，今晚不会让你走。怎么啦，台维，我叫你哪！

福斯塔夫　你必须原谅我，罗伯特·夏禄先生。

夏禄　我不会原谅你。你不会被原谅。一切原谅都不允许。没有原谅可言。你不会被原谅。——嗨，台维！

台维　在，老爷。（趋步向前）

夏禄　台维、台维、台维，这个，台维，这个。啊，厨师威廉，你去把他叫来。约翰爵士，你不会被原谅。

台维　天哪，老爷，是这样的：那些传票无法送达。另外，老爷，我们是不是要在那块拐角地上种小麦？

夏禄　种赤小麦吧。台维，问问威廉厨师，还有没有小鸽子？

台维　是，老爷。这儿是铁匠送来的钉马蹄铁和打犁头的账单。（递过一纸）

夏禄　算算多少钱，把它付了。——约翰爵士，你不会被原谅。

台维　老爷，吊桶上必须换一条新绳子。还有，老爷，你的意思是要扣威廉的工钱，因为他在欣克利集市[1]上丢了那条口袋？

1　欣克利集市（Hinckley Fair）：有名的牲口集市，每年八月开市。欣克利镇位于沃里克郡（Warwickshire）和莱斯特郡（Leicestershire）交界地带。

夏禄　（二人旁白）他肯定得赔。台维，叫厨师威廉准备几只鸽子、一对矮脚母鸡、一腿羊肉以及几样精致菜肴。

台维　那个军大汉要在这儿过夜吗，老爷？

夏禄　是的，台维。我要好好款待他。朝里有人胜过袋里有钱。对他手下的人要殷勤，台维，这些人是地道的恶汉，会说坏话，背后咬人的。

台维　不会比他们自己被咬更厉害吧，老爷，您看他们的内衣肮脏得叫人大开眼界啊。

夏禄　真聪明，台维。去干活吧，台维。

台维　老爷，我求您，在温科特村的威廉·维泽和希尔村的克里门·珀克斯打的那桩官司里，关照关照维泽。

夏禄　戴维，告那个维泽的人多得很。据我所知，那个维泽恶名远扬啊。

台维　大人，我承认他是坏人，然而，老爷，恕我这么说，一个坏人经朋友的恳求也该受点照顾吧。老爷，一个好人有能力为自己辩护，而一个坏人没有这种能力。我为大人忠心效劳已八年，老爷，如果我连时不时在坏人和好人打官司的案子中支持一下坏人都办不到，那大人您对我就太不信任啦。这个坏人是我的朋友，老爷。恳求老爷赏个脸，关照关照他。

夏禄　行啦，我答应不冤枉他。去做事吧，戴维。　台维下
你在哪里，约翰爵士？快，脱下你的靴子吧。——欢迎欢迎，巴道夫先生。

巴道夫　大人幸会。

夏禄　感激不尽，巴道夫先生，欢迎光临，勇夫。——来呀，约翰爵士。

福斯塔夫　我遵命相随，罗伯特·夏禄好先生。　夏禄下

巴道夫，把我们的马照料好。　　巴道夫及童仆同下

假如把我锯成小块，我的身体可以顶四打像夏禄这样的满脸胡子的干瘦隐士。简直奇妙，他的仆从和他如出一辙，彼此神态一模一样：仆从朝夕伺候他，举止也沾染了蠢法官的习气；而他同他们言来语去，久而久之，形同一个貌似法官的仆人。他们形影不离，过从甚密，精神已交融一体，如一群野鹅，同气而相聚。如果我有事想求于夏禄先生，我只消讨好他的仆人，说我同夏禄的交情如何深；如果我要他的仆从帮我，我就吹捧夏禄，恭维他管教下人有方。毫无疑问，像疾病一样，聪明的举止和愚昧的行为都会人人相传的，所以交友宜慎。我要在这个夏禄身上大做文章，变换出六种花样，让哈利王子在开庭的四个季度，也就是两场官司的时间，开心笑个不停。啊，用一个无足轻重的誓言随便撒个谎，板起面孔说一个笑话，就会让阅世未深的毛头小子大开眼界。啊，你将看见他的那张脸笑成一件皱巴巴的湿衣服。

夏禄　（幕内）约翰爵士！

福斯塔夫　来啦，夏禄先生。来啦，夏禄先生。　　下

第二场 / 第十三景

王宫

沃里克伯爵及大法官上

沃里克　情况怎么样，大法官，你要到哪里去？

大法官 国王现在如何？

沃里克 好极了，他的一切烦恼都了结了。

大法官 我希望，还没有死吧。

沃里克 他已踏上人生必由之路，
于我们他已不在人世。

大法官 他将我召唤同去就好了。
我为他卖命一生一世，
惹祸上身，众矢之的。[1]

沃里克 的确，我觉得少主不喜欢你。

大法官 我知道他对我怀恨，
我自励以应对时艰，
比我所设想的景况，
局面不可能更惨淡。

约翰亲王、格洛斯特、克拉伦斯、威斯特摩兰及众人上

沃里克 已故哈利的持哀的子嗣来了。
啊，但愿在世的哈利的秉性，
与此三公子中最差者相仿佛！
那多少贵族将保住官衔爵位，
而不必向卑贱之辈卑躬屈膝！

大法官 唉，我担心一切将会被颠覆。

约翰亲王 早安，沃里克贤卿，早安。

格洛斯特和克拉伦斯 早安，贤卿。

约翰亲王 我们面面相觑，忘记了如何言语。

沃里克 我们的确记得如何言语，
可话题沉重，不容多议。

1 此处可能暗示大法官的担忧：他曾拘押过亨利王子，而现在亨利王子要当国王了。

约翰亲王 啊，愿令我们哀恸的逝者安息吧！

大法官 啊，愿我们也平安，免遭更大的不幸！

格洛斯特 啊，贤明的大人，
你的确痛失好友，
我敢说你满脸悲哀出于真情非假意。

约翰亲王 虽然恩宠难料，无人能知其所以，
你的期望却最渺茫，我深感遗憾，
唯愿事非如此，而情势于你迥异。

克拉伦斯 咳，而今你必须讨好约翰·福斯塔夫，
这同你的秉性相悖相逆，格格不入。

大法官 诸位亲王，
我行事光明磊落，
秉承公正精神，于良心无愧，
你们绝不会看见我降身乞怜，
倘若忠正刚直反而得咎招祸，
我宁愿追随先王故主于地下，
在冥冥之中告诉他害我者谁。

沃里克 王子来啦。

亨利王子上，现已是亨利五世

大法官 早安，天佑陛下！

亨利五世 这件华丽的国王新衣穿在我身，
并非你们所想的那般舒服自在。——
兄弟们，
你们的悲伤夹杂惶恐。
此乃英国宫廷而非土耳其宫廷，

不是阿木拉继承另一个阿木拉，[1]
而是哈利续位哈利。好兄弟们，
哀悼吧，这确实是你们的本分。
哀伤在你们身上显得如此高贵，
我要在内心里与你们同举鸿哀。
啊，致哀吧，让我们悲戚与共，
好兄弟们。
以天为誓，请相信：
我将是如父的兄长。让我深得
你们的爱，我将为你们担忧患；
为已逝的哈利悲号吧，我也要
同声齐哀。可活着的哈利将要
化滴滴泪水为刻刻幸福的时光。

约翰亲王、格洛斯特和克拉伦斯 我们正抱此期望于陛下。

亨利五世 你们全都目光异样地望着我。——（对大法官）特别是你：
我想，你认定我不喜欢你吧。

大法官 我肯定，如果公正而论，
陛下无理由对我生恨意。

亨利五世 没有理由吗？一国之尊的王子，
我岂能淡忘你加诸我身之大辱？
什么？公然斥责英国王室储君，
更有甚者，粗暴地关他进牢房，
这是区区小事吗？用忘河之水
可以洗刷干净而付诸遗忘的吗？

大法官 我当时为你的父王效命，

1 阿木拉（Amurah）：土耳其苏丹，即位后处死了他所有的兄弟，其后继者亦效法他的做法。

秉承他赋予的权力行事，
我所执行的是他的律令，
我为国为民而碌碌奔劳，
当时殿下疏忘我的处境，
罔顾国法和公道的威严，
无视我代表王上的尊仪，
竟在法庭席位上殴打我，
由此而对你父王犯了大罪，
我才斗胆执法而监禁你。
若此事中我的所为不妥，
设想已登基为王的陛下，
有一子竟视王令如草芥，
把法官拽下威严的公堂，
践踏纲纪，损护国之剑，
危及你之人身平安祥瑞，
甚至贬损你的至尊御仪，
嘲弄朝廷命官遵旨行事，
凡此种种，你会纵容他？
请陛下设身处地思量之，
你即是此父，有此一子，
听见你的尊严遭此亵渎，
目睹你的法典被视儿戏，
自己被自己的儿子轻慢，
再设想我为尽为臣之道，
以你的权力予令郎轻咎。
这番思量后，予我处置；
以君王之尊而言我之罪：

我为人为事奉君有何过？

亨利五世 你言之有理，大法官，
此事你权衡利弊得当：
所以你继续留任此职。
我愿你尊荣与日俱进，
直活到看见我的儿子，
得罪你而后服你执法，
像我现在的所作所为。
到时候我将言如我父：
"我何其有幸得此勇臣，
敢秉公治罪我的亲子；
更有幸我有如此一子，
以尊贵之身而服法治。"
你确监禁过我，为此，
我把这无瑕的剑还你，
切记刚正不阿之精神，
像对我一样铁面无私。
（伸手）来吧，握住我的手，
于年轻的我你如严父，
你的教诲如耳提面命，
我要谦卑降身以奉行，
依从你的贤明的指陈。
诸位王弟，请相信我：
父王既已归黄泉之下，
我的恣意之情已随葬，
而先王的精神存于我，
嘲弄世人于我的期待，

挫败他们的预言诽谤，
仅凭外表就将我恶判。
此前我枉自热血滚滚，
如今潮落回归入大海，
汇入壮阔的浩渺波澜，
从此以庄重气概奔流。
现在要召集最高廷会，
遴选治国的栋梁之才，
我泱泱王国方可称雄，
与盛世之邦比肩而立，
无论战时或和平之期，
或出现战和交替之局，
一切皆在我们掌握中。——
（对大法官）而您老是我最倚重者。
加冕大典后我即临朝。
上天体察我良苦用心，
让王公贵族无从咒我：
上天夭折哈利之命途！　　众人下

第三场　/　第十四景

格洛斯特郡，夏禄宅中花园
福斯塔夫、夏禄、赛伦斯、巴道夫、台维及童仆上

夏禄 还有，你得看看我的果园，我们坐在凉亭里吃几个我去年亲手栽的苹果，尝一尝香菜籽甜点什么的。——快呀，赛伦斯兄弟。——过一会再去睡觉吧。

福斯塔夫 你的府邸堂皇，家道殷实啊。

夏禄 家徒四壁，家徒四壁，家徒四壁啊：真是见笑，见笑，约翰爵士。哈，空气真好。——快铺桌子，台维，快铺，台维。铺好啦，台维。

福斯塔夫 你这个台维好能干啊，又给你做用人又给你当管家。

夏禄 是个好用人，是个好用人，很好的用人，约翰爵士。吃晚饭时我酒喝得太多啦。一个好用人。请坐，请坐。坐啊，兄弟。

赛伦斯 唱啊，好小子，我们要

（唱）

吃喝玩乐，逍遥度日，
谢天谢地，无忧无虑。
佳肴满桌，佳人难遇，
多情少年，东荡西游，
快乐人生，其乐悠悠。

福斯塔夫 好快乐的心情。赛伦斯先生，等一会我要为此敬你一杯。

夏禄 给巴道夫先生斟酒，台维。

台维 亲爱的先生，请坐。我马上拿酒来。最亲爱的先生，坐下吧。童仆兄弟，好兄弟，你也坐啊。太欢迎你们啦！虽无美味，好酒满杯，请莫嫌弃，待客真心。 下

夏禄 快活快活，巴道夫先生。——那个小兵，也快活起来吧！

赛伦斯 （唱）

能乐且乐，妻悍夫懦，
无论高矮，女皆长舌，

须眉相逢，畅言话多，
节日欢宴，开怀吃喝，[1]
行乐及时，及时享乐。

福斯塔夫 想不到赛伦斯先生是性情中人。

赛伦斯 谁，我？前不久我刚去逍遥了一两次哩。

台维端苹果上

台维 （对巴道夫？）请尝尝粗皮苹果。

夏禄 台维！

台维 是，大人！我立刻就来。——您要一杯酒吗，老爷？

赛伦斯 （唱）

美酒一杯玉光闪，
祝我情人驻玉颜，
欢心乐事常相伴。

福斯塔夫 唱得好啊，赛伦斯先生。

赛伦斯 如要寻欢作乐，赶紧趁此良宵。

福斯塔夫 祝你健康长寿，赛伦斯先生。

赛伦斯 （唱）

斟满酒杯，举杯豪饮，
杯深无底，任我饮尽。

夏禄 诚实的巴道夫，欢迎你！要吃要喝，尽管开口，才够交情。——（对童仆）欢迎，你这个小东西。——真诚地欢迎。我向巴道夫先生和伦敦所有的青年俊杰敬上一杯。

台维 我希望死之前能去伦敦饱一次眼福。

巴道夫 我能在那里见到你就好了，台维。

1 此句中的节日在原文中为忏悔节（Shrovetide），是圣灰星期三（Ash Wednesday）前三天的宴乐之日，即大斋节的开始。

夏禄 你们俩会一起喝他一夸脱，哈哈！不是吗，巴道夫老兄？

巴道夫 那还用说，大人，喝他两夸脱。

夏禄 那我谢谢你啦。这家伙一定同你奉陪到底，这我敢肯定。他不会退缩的，他有种。

巴道夫 我要舍命陪君子，大人。

夏禄 好啊，君无戏言。酒菜丰盛，请尽兴啊！（内传敲门声。）看看谁在敲门，喂！谁啊？（台维至门边）

福斯塔夫 哈，你这样喝才是我的对手嘛。

赛伦斯 （唱）

敢饮千杯酒，
夸我为骑士，
拉撒随我意。[1]

不是这样唱的吗？

福斯塔夫 就是这样唱的。

赛伦斯 是吗？看来此话不假：人老了也能有所作为的。

台维 禀告老爷，有一个叫毕斯托尔的人从宫廷来，有消息奉告。

福斯塔夫 从宫廷来？让他进来。

毕斯托尔上

有什么消息，毕斯托尔？

毕斯托尔 约翰爵士，上帝保佑您，大人！

福斯塔夫 什么风把你吹来啦，毕斯托尔？

毕斯托尔 不是吹得人人倒霉的邪风，亲爱的骑士。您现在是当今最伟大的人物之一啦。

赛伦斯 确实，我想除了乡野莽夫，他算是最肥大的人物啦。[2]

1 此句原文 samingo 为拉丁语，意为“我撒尿”。这是当时流行的饮酒歌。

2 原文用 Goodman Puff 影射福斯塔夫身材肥硕，而毕斯托尔则理解为吹捧。

毕斯托尔 肥大？吹的？你这个下贱东西！
约翰爵士，我是毕斯托尔，您的朋友，
急匆匆驱马来到您的面前，
带来喜讯，带来欢乐和运气，
良辰美景降临，大吉大利。

福斯塔夫 请您现在用凡人的语言把消息告诉我吧。

毕斯托尔 我才瞧不起凡夫俗子！
我说的是非洲和黄金般的欢乐。

福斯塔夫 啊，卑贱的亚述国骑士[1]，带来何消息？
让科菲图阿国王[2]知其详吧。

赛伦斯 （唱）罗宾汉，斯嘉利，还有约翰。[3]

毕斯托尔 难道粪堆上的劣狗竟向缪斯狂吠？
报喜要横遭阻扰？那么毕斯托尔，
置你的头颅于复仇女神之膝上吧。[4]

赛伦斯 诚实的先生，我不知道你是何方神圣。

毕斯托尔 咳，那就可悲可叹了。（↓赛伦斯睡着了↓）

夏禄 失敬失敬，先生。如果先生你从宫廷带来了什么消息的话，我以为你只有两个选择：要么宣布消息，要么秘而不宣。先生，我在国王手下也有一官半职。

毕斯托尔 在哪个国王手下，混蛋？快说，否则要你的命。

夏禄 在哈利王手下。

毕斯托尔 哈利四世还是五世？

1 亚述（Assyria）：一中东古国，《圣经》记载该国以到处劫掠闻名，后又以豪奢称世。
2 科菲图阿（Cophetua）：一非洲国王，爱上一个行乞的少女，这个故事是当时歌谣的流行题材。
3 这是歌谣《罗宾汉与韦克菲尔德的平德》（*Robin Hood and the Pinder of Wakefield*）中的一句。
4 即发泄怒气。——译者附注

夏禄 哈利四世。

毕斯托尔 你这个官还顶个屁用！——
约翰爵士，您的温顺羊羔已成国君。
哈利五世已登基为王。我说的真话。
如果我毕斯托尔撒谎，你们羞辱我，
像羞辱吹牛说大话的西班牙人一样。

福斯塔夫 什么，老王死啦？

毕斯托尔 就像门上的钉子一般确实。我说的都是实情。

福斯塔夫 巴道夫，快去！——赶快给我备马！——罗伯特·夏禄先生，挑您想当的官吧，我说了算。——毕斯托尔，我要加倍赏赐您。

巴道夫 啊，大喜之日！我好运当头，不会屈身当个骑士。

毕斯托尔 说什么？是我带来的好消息。

福斯塔夫 把赛伦斯扶到床上去。——夏禄先生，我的夏禄大人，荣华富贵，随您心意。我现在是命运之神的管家啦。穿上靴子，我们要连夜赶路。啊，亲爱的毕斯托尔！快去，巴道夫！ 巴道夫下
来，毕斯托尔，告诉我更多的消息，再想想你自己想得到什么好处吧。穿上靴子，穿上靴子，夏禄先生。我知道小王此刻一心想见到我。任何人的马拉来我们骑上就走。现在英国的法律由我支配。凡是我的朋友，走运了；大法官该倒大霉了！

毕斯托尔 让恶鹰叼食他的心肺吧！
"我从前的日子在哪里？"[1]
人们问。哈，就在此任我潇洒。 众人下

1 "我从前的日子在哪里？"（'Where is the life that late I led?'）：失传的一首诗或歌谣中的一句。

第四场 / 第十五景

伦敦，地点不详，几乎可以肯定是在一条街上

老板娘奎克莉、桃儿·贴席及教区执事上[1]

老板娘奎克莉 不行，你这个恶徒。我宁愿一死，好把你吊死赔我的命。你把我的肩膀扭伤了。

执事甲 巡差把她交到我手上，她肯定要饱挨一顿鞭抽。[2]最近有一两个人因她而丧命。

桃儿·贴席 你这个差狗，撒谎。听我告诉你是怎么回事，你这遭天杀的丑东西。要是我怀的孩子小产了，那你的罪过比你打自己的娘还要大哩，你这面如死灰的坏蛋。

老板娘奎克莉 啊，约翰爵士来了就好了。他会出手狠狠教训你一顿。我倒希望她肚子里结的这个果子坏掉！[3]

执事甲 如果真是如此，你又要在肚子上垫一打枕头，你现在只垫了十一个。[4]得啦，我命令你们两个跟我走，因为你们和毕斯托尔殴打的那个人现已死亡。

桃儿·贴席 听我告诉你是怎么回事，你这香炉上刻的人影。我一定要叫你知道我的厉害，你这全身蓝皮的恶棍[5]，你这饿鬼般的臭牢卒。如果不把你好好教训一顿，我从今往后就不

1 教区执事有权惩罚轻微犯罪。
2 当时对妓女的惩罚是鞭打。
3 奎克莉的意思要么是希望桃儿的孩子流产，以便执事为此而受到惩罚，要么是她一时昏了头，把自己的意思说反了。
4 指桃儿在身上塞枕头假装怀孕。
5 执事的服装为深蓝色。

穿这一身衣裙了。

执事甲 走吧，快走，你这女中游侠骑士，跟我走。

老板娘奎克莉 啊，但愿公理战胜强权！唉，忍受才得安生。

桃儿·贴席 走吧，你这坏蛋，走吧。带我去公堂。

老板娘奎克莉 对，走吧，你这饿狗。

桃儿·贴席 你这行尸，你这骷髅！

老板娘奎克莉 你这皮包骨，你呀！

桃儿·贴席 走啊，瘦鬼，走啊，无赖。

执事甲 这就好啦。 众人下

第五场 / 第十六景

威斯敏斯特大教堂附近

两杂役上

杂役甲 多铺些灯心草，多铺些灯心草[1]。

杂役乙 号声已响过两次了。

杂役甲 加冕典礼完毕后他们回来就两点钟了。 两杂役下

福斯塔夫、夏禄、毕斯托尔、巴道夫及童仆上

福斯塔夫 站在我身边，罗伯特·夏禄先生。我要让王上赏你恩宠。他经过我身边的时候，我要向他使个眼色，仔细看他对我的表情。

1 伊丽莎白时代有以灯心草铺地板的习惯。

毕斯托尔 上帝保佑您，好骑士。

福斯塔夫 过来，毕斯托尔，站在我身后。——啊，如果我有时间做几套新制服的话，我借你的那一千英镑就花在衣服上了。可是这无所谓，这穷酸相反而更好：由此可见我一心想进见他的渴望之情。

夏禄 正是如此。

福斯塔夫 显示我的情谊的真挚——

毕斯托尔 正是如此。

福斯塔夫 我的耿耿忠心——

毕斯托尔 正是如此，正是如此，正是如此。

福斯塔夫 我日夜兼程，马不停蹄，无暇顾及，无暇记起，也无甚心思更换衣装。

夏禄 确然无疑。

福斯塔夫 我尘土满面，热汗淋淋，一个念头想见到他，别无所思，万事俱休，好像除了见他就无事可干。

毕斯托尔 真所谓："思之念之，一如既往"，[1] 因为"除彼之外，别无所事"。真正是想念之情无所不至啊。

夏禄 确实如此。

毕斯托尔 骑士，我要点燃您高贵的肝火，
定叫您雷霆震怒。
您的桃儿、您倾心仰慕的海伦，
已被最肮脏最卑贱的捕手抓走，
关进了瘟疠滋染的污秽黑牢房。
复仇吧，召黑洞里的复仇女神，

1 原文包含两句拉丁语：*semper idem* 意为"始终如一"；*obsque hoc nihil est* 表示"舍此无他"，obsque 应为 absque。

让阿勒克托放出她的愤怒猛蛇，[1]
为桃儿报仇。
我所言句句实话。

福斯塔夫 我要救她出来。

毕斯托尔 号角如海啸般响亮。

号角齐鸣。亨利五世、其兄弟约翰亲王、克拉伦斯、格洛斯特及大法官并余众上

福斯塔夫 天佑陛下，哈尔国王，至尊的哈尔！

毕斯托尔 上天佑您护您，最尊荣的王室之子！

福斯塔夫 老天保佑您，我的乖孩子！

亨利五世 大法官，您去对那个傻老头儿说话。

大法官 你发疯啦？你知道你在胡诌些什么吗？

福斯塔夫 我的国王，我的上帝！我在对您说话，我亲爱的老朋友！

亨利五世 我不认得你，老人家。
跪下祷告吧。
皓皓白发见于弄臣之首，多不协调！
我久已梦见有如此之人，大腹便便，
老迈而鄙俗，
但梦醒后我厌恶此梦。
以后你少长些肥膘，
多长些见识吧，
弃口腹之贪欲；
你要知道比起别人，
坟墓正大张三倍之口，在等你进去。
不要用插科打诨回答我。不要以为，
我还是从前的我，

1 阿勒克托（Alecto）：复仇三女神之一，据维吉尔（Virgil）描述头上长满猛蛇。

天知道——世人也将知晓——
我已与故我决裂，也要与旧伴诀别。
到你听见我旧态复萌时，再来找我，
你将重操旧业，
做我浪行之师：
此前我放逐你如放逐其余误人之师，
不准你在靠近我十里之内出没现身，
否则格杀勿论。至于你的生活之需，
我会尽量满足，以免你匮乏而行恶。
一旦你弃恶从善，我会量你的才德，
予以提拔任用。——（对大法官）贤卿，你督办此事，
遵照我的旨意而行。——从速从速。 国王及扈从下

福斯塔夫 夏禄先生，我欠你一千镑。

夏禄 对呀，我的天，约翰爵士，我求你马上还给我，我好带回家去。

福斯塔夫 这恐怕很难办，夏禄先生。你不要为此气馁，他会私下召见我的。你瞧，他必须在世人面前装成这个样子。不要担心你的升迁。我决心把你弄成一个大人物。

夏禄 我不太明白你如何把我弄大，除非我穿上你那件紧身衣，里面塞满稻草。我求你，好约翰爵士，那一千镑你先还我五百吧。

福斯塔夫 先生，我说话是算数的。你刚才听到的只是风言风语。

夏禄 我担心你会把命丢在风言风语里，约翰爵士。

福斯塔夫 不要怕风言风语。走吧，和我一起吃饭。——走啊，毕斯托尔副官。走啊，巴道夫。一到晚上我就会被召进宫去。

约翰亲王、大法官及数名公差上

大法官 来呀，把约翰·福斯塔夫爵士送到弗利特监狱[1]。
把他的同伙也一起下牢。

福斯塔夫 大人，大人——

大法官 我现在什么也不能说。过一会儿我会听你说。把他们带走。

毕斯托尔 “我若时运不济，聊以怀抱希冀。”[2]

除兰开斯特约翰亲王和大法官外均下

约翰亲王 我很满意国王对此事的英明决断。
他本意赐他的旧日友伴优厚俸禄，
可是他最后决定将他们全部放逐，
直到他们改弦易辙，
循规蹈矩为止。

大法官 正是如此。

约翰亲王 国王已经召集了议会，大人。

大法官 是。

约翰亲王 我敢担保年终之前，
我们的内战之刀枪，
将转而指向法兰西。
我听见鸟鸣也如此取悦于王。
好，我们走吧。 同下

1 弗利特监狱（the Fleet）：伦敦城内一监狱。

2 原文为：*Si fortuna me tormento, spero me contento.* 与第二幕第四场所引意大利语格言为同一格言，但拼写有差异。

收场白

致辞者上

我始而担心，继而鞠躬，最后致辞。我担心列位戏看得不高兴；我鞠躬是出于礼仪；我致辞请列位原谅。如果大家想听精彩的辞令，那就为难我啦，因为我非说不可的话全是我自己编撰的，而我确实应该说的话恐怕会毁了我的余生。可是为言归正题，我姑且勉为其难。如列位所悉知，我最近在一场不讨人喜欢的戏的结尾处求诸君大量包涵，且允诺将奉献大家一出好戏。我原本确实打算用这出戏回报你们，如果正如生意冒险失利一样，这出戏不讨好不叫座，我则破产，各位温文尔雅的债主则破财。我答应过大家我会在此亮相，听候尊意发落：饶恕我多少，我将回报你们多少，而且正如大多数债务人一样，我对你们的许诺是永无止境的。如果我的唇舌不能求得列位的宽恕，难道你们要命令我用我的双腿向你们求饶吗？跳跳舞，债务除，那倒是轻松。可是良心通达人心，我的诚意必能感召大家。所有在座的夫人和淑女已经谅解我了，如果诸位先生还不肯饶我，那么先生的意见同女士不和，这在如此堂堂盛会中前所未闻。请列位容我再赘言一句：假如大家的胃口对肥膘尚未腻烦的话，我们的谦卑的作者将把戏文继续演绎下去，让约翰爵士继续粉墨登场，还有艳色惊人的法国公主凯瑟琳，令你们如痴如醉；而据我所知，福斯塔夫将暴汗虚脱而亡，除非你们的苛责已经把他杀死了。奥尔德卡斯尔早就以身殉教了，我们的戏演的不是此人。 我的舌头累了，两腿也累了，我要向列位道晚安，跪在你们面前，为女王金安祈祷。 下

四开本较对开本多出的段落

上接第37页“我又不是铁打的。”：

但是我们英国人的一贯伎俩就是，把好东西弄得俗不可耐。如果你认为我老了，你就让我清闲一下。我对上帝发誓，我的名字在敌人的眼中还不至于如此不堪。我宁愿老朽致死，不愿奔波无尽、身心交瘁而亡。

上接第50页“有几个恭顺的少年王子在父王病卧如令尊之时还在闲聊？”：

天知道那些穿的衬衣比您的旧的王子能否继承王位，但是接生婆都说子孙无过：所以人丁兴旺了，门第显耀了。

上接第58页“巴道夫带话过来吩咐的。”：

赶快，他们吃晚饭那间屋太热，
他们很快就要来。

上接第60页“谁也不在乎。”：

桃儿·贴席　去死吧，你这个混蛋，快去死！

上接第63页“这是你的命！”：

福斯塔夫　不要如此，毕斯托尔，我们岂能舍得你，毕斯托尔。

上接第74页“怎样地斟满幻化无常的杯盏啊！”：

啊，世上最快乐的青年，如睹己之历程，
过往的磨难与即来的险阻，
也会慨然掩上命运之书，
不忍卒读，待岁月耗尽，了却此生。

